ALAIN MABANCKOU

Alain Mabanckou est né en 1966, à Pointe-Noire (Congo-Brazzaville). Romancier, poète, essayiste, il a obtenu le prix *Ouest-France* Étonnants Voyageurs, le Prix des cinq continents de la Francophonie et le Prix du livre RFO pour *Verre cassé* (Seuil, 2005), ainsi que le prix Renaudot pour *Mémoires de porc-épic* (Seuil, 2006). Ses oeuvres sont traduites dans une quinzaine de langues et *Verre cassé* a fait l'objet de plusieurs adaptations théâtrales.
Alain Mabanckou a été fait chevalier de la Légion d'honneur en 2010 et a été récompensé en 2012 par l'Académie française pour l'ensemble de son oeuvre par le Grand Prix de littérature Henri Gal.

Retrouvez toute l'actualité de l'auteur sur :
www.alainmabanckou.net

TAIS-TOI ET MEURS

DANS LA SÉRIE « VENDREDI 13 »

L'ARCANE SANS NOM
Pierre Bordage

TAIS-TOI ET MEURS
Alain Mabanckou

SAMEDI 14
Jean-Bernard Pouy

ALAIN MABANCKOU

TAIS-TOI ET MEURS

elb
editions la branche

Pocket, une marque d'Univers Poche,
est un éditeur qui s'engage pour la préservation de son environnement et qui utilise du papier fabriqué à partir de bois provenant de forêts gérées de manière responsable.

ISBN 978-2-266-23121-3

Prologue

Je ne suis pas seul dans cette cellule. Je la partage avec Fabrice Lorient, un Français d'une quarantaine d'années, lui aussi en détention provisoire pour, m'avait-il laissé entendre, « une petite broutille de rien du tout ». Je ne sais pas ce que signifie « une petite broutille de rien du tout », mais lui, il est si confiant qu'il a juré de demander réparation pour sa détention qu'il qualifie d'illégale.

Fabrice occupe ces lieux depuis deux ans et, à voir comment il se débrouille, j'ai l'impression qu'il maîtrise maintenant le fonctionnement de la machine judiciaire de ce pays, surtout son système pénitentiaire. Il a tenu à rédiger lui-même sa demande de liberté provisoire dont il attend avec impatience la réponse, alors que moi j'avais laissé maître Champollion le faire.

Il est grand, très beau garçon, une musculature saillante maculée de tatouages reproduisant avec le souci du détail les visages de sa femme et de son enfant. Dans une certaine mesure il me fait penser à mon compatriote Pedro, mon « grand frère », mais en plus sportif. Alors que Fabrice tient à sa musculature comme à la prunelle de ses yeux, Pedro, lui, s'intéresse plus à l'accoutrement, aux habits extravagants de couleurs vives. Si mon codétenu me fait tant penser à lui, c'est aussi parce qu'en partageant cette cellule je me sens comme dans notre studio de la rue de Paradis. Là-bas c'était Pedro le chef, ici c'est naturellement Fabrice qui l'emporte sur moi. D'abord parce que, comme Pedro, il est plus âgé que moi, ensuite il est arrivé ici avant moi. Et puis je suis un peu porté à respecter ce droit d'aînesse qui, dans notre tribu des Bembés, est un devoir. Que cet aîné soit un Blanc ne change pas mon attitude, je dois l'appeler « grand frère » lui aussi, point barre. Ce respect que je lui témoigne a tendance à l'agacer. Il s'imagine que je cherche à me mettre sous sa protection. Il a d'ailleurs été très clair à ce sujet dès le premier jour de mon arrivée :

— Écoute mon gars, toi et moi on a neuf mètres carrés ici, et si t'étais calé en maths à l'école, t'auras déjà compris que chacun de nous a quatre mètres carrés et demi d'espace. Je veux pas d'embrouilles avec toi. J'attends tranquillement de sortir de ce trou pour retrouver ma femme et mon enfant. Alors, tes conneries de grand frère par-ci, grand frère par-là, ça marche pas avec moi, à ma connaissance j'ai pas de petit frère, à moins que mon père n'ait trompé ma mère ! En tout cas je suis fils unique, et je tiens à le rester ! Pigé ?

Comme je ne lui ai pas répondu, il a poursuivi :

— D'ailleurs, faudra que tu me dises un jour ce que t'as vraiment fait. On n'entre pas dans cette auberge par hasard, y a forcément un motif. J'ai entendu des trucs chez les argousins qui parlaient de toi quelques heures avant que t'atterrisses ici. D'après eux t'es qu'une vieille canaille, et si on était à l'époque de la guillotine t'aurais eu ton ticket de première classe.

Après un silence, se rendant compte qu'il en avait trop dit, il a bredouillé :

— Paraît que t'es impliqué dans cette histoire de la blondasse de la rue du Canada ! La télé, les journaux en ont parlé, c'est bien toi, hein ? C'est toi qui l'as refroidie, cette pauvre nana du 18e arrondissement, hein ? Putain, je partage l'aquarium avec un vrai refroidisseur.

Puisque je ne lui répondais toujours pas, il a maugréé :

— Prends ton temps, je veux que tu me le dises toi-même un jour. Oui, que ça sorte de ta propre bouche.

C'est à cette époque que j'ai entrepris d'écrire ce journal...

PREMIÈRE PARTIE

Appelez-moi « José Monfort »

Je m'appelle Julien Makambo. Pendant les semaines qui ont suivi mon arrestation, et même bien avant, lorsque j'étais encore en cavale, ma tronche et mon autre nom, José Montfort, ont occupé la une de la plupart des journaux de France et de Navarre. Dans notre langue du Congo-Brazzaville, le lingala, Makambo signifie « les ennuis ». J'ignore ce qui avait piqué mes parents pour m'attribuer un tel nom, qui n'est d'ailleurs pas celui de mon défunt père, encore moins celui d'un proche de la famille. Je suis maintenant convaincu que le nom qu'on porte a une incidence sur notre destin. Si ce vendredi 13 je ne m'étais pas rendu au restaurant L'Ambassade avec Pedro pour rencontrer celui qu'il qualifiait alors de « type très important » venu de Brazzaville, je ne serais peut-être pas en détention provisoire depuis un an et demi dans cette cellule de Fresnes. Mais voilà, lorsqu'on s'appelle Makambo les choses ne sont pas aussi simples.

*

Quand on vient me tirer de la cellule pour les interrogatoires devant le juge d'instruction ou pour les entretiens avec mon avocat commis d'office, j'ai presque envie de demander aux gardiens pourquoi ils sont aussi nombreux à m'entourer, comme si j'étais ce célèbre Guy Georges, le meurtrier qui sévissait dans l'est de Paris, qui violait, puis tuait certaines femmes dans les parkings. Je ne suis pas non plus un de ces tueurs en série qu'on voit dans les films américains et qui sont emprisonnés à Alcatraz. Ceux-là sont surveillés sept jours sur sept, vingt-quatre heures sur vingt-quatre, et on ne les libère jamais, pas question de les voir recommencer leur entreprise maléfique de destruction du genre humain – ce que d'ailleurs ce Guy Georges faisait chaque fois qu'il sortait de prison. Je cite ce nom parce qu'un détenu d'une des cellules du fond du couloir m'a laissé entendre un jour que je ressemblais à ce criminel et qu'avec ma tête « bizarre » – je reprends son mot – même un aveugle dirait sans risque de se tromper que je suis un tueur-né, un tueur de la trempe de ceux qu'on voit dans les films. Des propos de ce genre m'horripilent évidemment. Les gens sont trop influencés par le cinéma et ignorent qu'en général, dans ces fictions, on prend un fait divers qui a marqué le pays, on tire sur les ficelles, on ajoute de la musique pour l'ambiance, et on nous montre une famille de classe moyenne dans un quartier tranquille avec des enfants aussi beaux que les nôtres. Dans un flash-back en noir et blanc, on nous apprend que le criminel en question a eu une enfance difficile, qu'il a commencé par dépecer les rats et les écureuils dans le jardin de ses parents avant de transposer ses pulsions criminelles sur la société. Ce vilain personnage de cinéma s'introduit par l'arrière de la résidence, il entre dans le salon pendant que la famille dort profondément et se livre à un carnage avec une froideur de robot bien programmé. Après sa besogne, il disparaît, mais reprend vite son activité diabolique dans un autre quartier, laissant aux policiers désemparés quelques indices qu'on n'arrivera à recouper que quelques mois, voire quelques années plus tard.

Moi je ne suis pas de ce monde-là. Ma vie n'est pas une fiction, et mon histoire relève bien de la réalité.

À vrai dire j'ai toujours eu peur du sang, et cette phobie a créé en moi un comportement que certains taxeraient de risible s'ils ne s'en tenaient qu'à ce qu'ils ont entendu au sujet de cette affaire de la rue du Canada. Au restaurant, par exemple, je ne mange pas de viande saignante, je ne regarde même pas dans l'assiette de celui qui en mange, sinon j'aurais des vertiges et la nausée. Le ketchup, le jus de grenadine ou l'orange sanguine me retournent l'estomac. J'ai peur des cadavres ; la première fois que j'en ai vu un de près, c'était justement le corps de cette fille de la rue du Canada.

Lorsque le juge des libertés a décidé de ma détention provisoire je n'ai alors retenu que le mot « provisoire » parce qu'il laissait entrevoir une fenêtre ouverte tandis que j'associais le mot « détention » à une lourde porte métallique bien verrouillée de l'extérieur. J'ai vu les mois passer, les interrogatoires se succéder, parfois avec des reconstitutions pendant lesquelles on me traînait sur le lieu de la tragédie. On me montrait aussi des photos de gens que je ne connaissais ni d'Ève ni d'Adam. Si je pouvais dire deux ou trois choses sur les cinq compatriotes avec qui nous partagions le studio de

Pedro, rue de Paradis, dans le 10e arrondissement, je ne pouvais pas en dire autant de certains visages que je découvrais. On souhaitait que j'identifie ces quidams, que je dise quel type de relation j'avais avec eux et si je savais où ils se trouvaient. Je balayais d'un revers de main ces photos, suscitant l'exaspération du juge d'instruction et la colère de mon avocat. Puisqu'on me posait les mêmes questions, moi je répétais les mêmes réponses qu'ils enregistraient comme si c'était la première fois que je leur parlais de ce qui était déjà écrit noir sur blanc dans les dossiers et scrupuleusement stocké dans les ordinateurs. Au bout d'un moment je commençais à craquer, ne sachant plus si j'étais un personnage de film américain ou si j'étais dans la vie réelle. Mes réponses ne variaient pas malgré l'insistance de mes interrogateurs. J'étais devenu un perroquet, mais jamais je ne récitais ce qu'on m'incitait à cracher afin de m'enfoncer une bonne fois pour toutes. Certaines questions étaient des pièges :

— On est bien d'accord que vous saviez ce qui allait se passer dans cet immeuble ce jour-là et que vous avez agi en connaissance de cause, n'est-ce pas ? insinuait le juge d'instruction.

Et moi, exténué par la longueur de l'interrogatoire, je lui répondais avec calme :

— J'ai déjà répondu à cette question tout à l'heure, monsieur le juge…

Il y avait aussi la psychiatre aux cheveux gris et bouclés et qui portait des lunettes de vue grosses comme les roues d'une bicyclette d'occasion. J'ai oublié son nom, peu importe. Elle me parlait en petit-nègre, me regardait avec commisération, recherchait dans l'expression de mon visage, ma façon de bouger les mains ou les jambes, des indices qui l'auraient confortée dans son diagnostic. Que dire de ces exercices grotesques qu'elle m'imposait au point que je ressemblais à un pingouin solitaire dans la neige ? Elle avait conclu que j'étais un être conscient de ses actes, et elle avait à la fin réfuté l'idée que j'étais influençable, susceptible de me laisser embarquer dans les embrouilles par un autre individu. Les actes que je posais étaient par conséquent réfléchis, je n'étais pas atteint d'une quelconque faiblesse d'esprit.

Pendant ce temps, les mois suivaient leur cours, le « provisoire » s'éternisait, et il fallait être né de la dernière pluie pour ne pas comprendre que j'étais tout simplement en prison et que j'y resterais tant que le procès tarderait à venir. Mon avocat, maître Champollion – que je n'aime pas –, m'avait assuré que je bénéficiais de la présomption d'innocence tant que la Cour ne m'avait pas condamné. Selon lui il ne s'agissait, pour l'instant, que d'une mesure de prévention. Pourtant, jusqu'aujourd'hui, chaque fois que je discute avec lui, il reste bien évasif, gratte longuement son crâne dégarni et me fait la morale :

— Monsieur Montfort, le droit a une logique. Je veux entendre par là qu'il ne s'agit pas de hurler qu'on est innocent, encore faut-il le prouver. Ne croyez pas que les preuves sont ramassées au petit matin par les immigrés qui nettoient les rues de Paris ! Ça demande un travail de longue haleine, et votre procès n'est pas le seul qu'on attend dans ce pays.

Je déteste sa façon de me parler. Je ne suis pas son enfant ou ce type de nègre de l'époque coloniale à qui il fallait tout expliquer par des synonymes. Cet avocat se rappelle-t-il au moins que je suis allé à l'école et que j'ai un baccalauréat en lettres et philosophie ? À la mort de mon père j'ai dû abandonner mes études pour aider ma mère et ma sœur. Je suis fier par-dessus tout de ma culture générale, de mon goût pour la lecture, de ma curiosité d'esprit, et je le dis sans prétention, ceux qui me connaissent admettent que dans notre communauté, à Paris, je suis au-dessus de la mêlée, intellectuellement parlant. Même la psychiatre avait reconnu que mon QI l'avait épatée dans le bon sens et qu'elle était en face d'un individu à l'intelligence dépassant de loin la moyenne. En revanche j'estime que c'était exagéré de sa part de conclure que j'avais systématiquement tendance à nier mes responsabilités. D'une loyauté sans faille à l'égard de mes proches, j'étais prêt à risquer ma propre vie pour les autres.

*

Maître Champollion me prend de haut, devant lui je me sens comme un pauvre rat coincé dans un trou. À se demander s'il aime son travail ou si c'est parce que je n'ai pas d'argent pour me payer un avocat à un tarif si élevé que même si j'avais participé au génocide des Tutsis au Rwanda, il dirait à la Cour pénale internationale que je suis l'homme le plus gentil de la terre et que ce sont ces méchants Tutsis qui m'ont attaqué. Maître Champollion est un métis franco-camerounais petit comme deux pommes de terre ; il rejette sans arrêt mes arguments, si bien que j'ai le sentiment d'être plutôt en face d'un procureur impitoyable et nostalgique de l'époque où il y avait encore la peine de mort en France.

— Maître, je vous l'ai dit mille fois : moi j'étais

en bas, dans la rue, et paf, cette fille est tombée du cinquième étage à quelques mètres de moi ! Je vous jure que je n'étais pas entré dans l'immeuble, et c'est la première fois que je mettais les pieds dans cette rue ! Je ne savais même pas qu'il y avait une rue du Canada à Paris. C'est vous dire !

— Eh bien, il aurait pourtant mieux valu ne pas être là ce jour-là. Vous ne m'auriez pas connu, et je ne vous aurais pas connu !

— C'est une détention provisoire, maître, or ça fait maintenant un an et demi que je suis enfermé ici et…

— Écoutez, il y a des détentions plus longues dans ce pays, ne vous plaignez pas ! Et puis, monsieur Montfort, si vraiment l'appellation « détention provisoire » vous gêne, considérez donc l'autre formule : « détention préventive ».

— Détention préventive ?

— Les conséquences sont identiques. Ça veut dire, en gros, que la justice prend les devants pour vous protéger, mais en fait c'est surtout pour éviter que par votre comportement vous ne compromettiez l'enquête, et donc le procès à venir. Si la justice vous laisse errer dans les rues de Paris, elle prend le risque de vous perdre de vue, voire que vous représentiez un danger pour la société.

— Et c'est pour quand donc, ce procès ?

— Je ne peux pas vous le dire précisément, pour l'heure l'instruction suit son cours normal.

Un jour il est venu me voir avec, semblait-il, une bonne nouvelle : il allait requérir ma mise en liberté sous contrôle judiciaire auprès du juge d'instruction. J'aurais l'obligation de me présenter chaque fois que la justice le jugerait nécessaire pendant la procédure, et je devrais par ailleurs signaler mes déplacements. Cela me convenait, je serais dehors, je pourrais marcher, voir des gens, prendre un pot dans les bars que j'aimais fréquenter, et pourquoi pas, comme Fabrice, rencontrer la femme de ma vie.

J'ai donc commencé à rêver de ces moments où mes jambes pourraient me porter partout. C'était une lueur que cet avocat m'apportait, et celle-ci éclairait désormais la cellule au point de m'éblouir. J'arrivais même à trouver un brin d'humanité dans le regard de maître Champollion. Je me disais que j'avais été trop injuste à son égard. Qu'il faisait bien son métier et qu'en général tout prisonnier demande toujours plus. Quel était d'ailleurs son intérêt dans cette histoire puisqu'il serait moins payé en me défendant que s'il défendait un vrai client, je veux dire un prévenu fortuné ?

Maître Champollion a fait la demande de liberté provisoire. Il m'a dit que cela prendrait une dizaine de jours au maximum. Une dizaine de jours, cela est supportable lorsqu'on est dehors. Entre les murs, chaque journée est une longue route parsemée de mirages. J'ai tracé dix traits sur un des murs de la cellule, au-dessus de mon lit, et chaque matin je rayais le jour qui venait de passer.

Au huitième jour, un des surveillants est venu me remettre un fax. Dès que j'ai vu son sourire je me suis senti aussi léger qu'une plume de moineau. J'ai dit au moins vingt fois merci comme si c'était lui qui avait formulé cette demande pour moi. Dans mon euphorie soudaine j'ai voulu l'embrasser, mais il m'a repoussé d'un geste autoritaire :

— Je vous conseille de lire le fax avant de m'embrasser…

C'était un refus. Je n'avais pas saisi que le sourire de ce surveillant était ironique.

Deux jours plus tard, maître Champollion est arrivé avec sa moustache en berne et sa démarche de gastéropode. Il m'a expliqué qu'on ne me faisait pas confiance, que j'avais été un fugitif, et rien ne prouvait que je changerais d'attitude une fois dehors. J'étais convaincu que mon avocat savait qu'on ne pouvait pas m'accorder cette liberté et qu'il l'avait demandée par simple formalité. Je ne l'écoutais plus que d'une oreille lorsqu'il ânonnait les autres motifs de ce rejet, feuilletant un document de trois ou quatre pages qu'il avait sorti de son classeur. Bref, il a utilisé un jargon juridique qu'il débitait sans émotion. Il a remis ensuite le document dans son classeur et m'a dit au revoir :

— On se reverra bientôt, je l'espère. En tout cas, tenez bon…

Je suis retourné dans la cellule avec la certitude que je finirais ma vie dans ce lieu. Avec ou sans procès.

Marathon rue du Canada

Il ne se passe pas un seul instant sans que je ne repense à ce jour qui m'a conduit jusqu'ici, cette fin d'après-midi de ce vendredi 13 où, au lieu de profiter de l'été qui était arrivé, des parcs, des rives de la Seine remplies de monde, des femmes qui marchaient presque à poil dans Paris, ma vie a tout d'un coup été recouverte d'un voile sombre dans cette rue peu fréquentée du 18e arrondissement. Jamais un souvenir ne m'a tant tourmenté – au point de me faire croire que je suis encore sous l'emprise d'un long sommeil et que mon existence actuelle n'est en fait qu'une chimère qui prendra fin avec mon réveil.

Ce jour-là, j'attendais en bas de l'immeuble lorsque cette femme s'est écrasée à moins d'un mètre de mes pieds. Moins de deux minutes après, j'ai vu Pedro surgir de ce bâtiment haussmannien et courir tel un fou qui s'échappait de l'asile. Je ne comprenais pas pourquoi il ne m'avait même pas fait signe. C'était tout juste s'il ne m'avait pas bousculé dans son élan. J'ai entendu ensuite les occupants des lieux pousser des cris d'horreur aux fenêtres, hurler et me montrer du doigt, certains avec des téléphones portables vissés à l'oreille. Mes pieds restaient enracinés au sol pendant que la lourdeur de mon corps ne m'autorisait plus aucun mouvement. Pourtant il fallait bouger, s'éloigner de cet endroit, d'autant que ces habitants allaient, j'en étais certain, sortir dans la rue où gisait la femme dans une mare de sang, comme on dit dans les romans policiers pour aller plus vite et faire sensation auprès du lecteur afin qu'il n'abandonne pas sa lecture en cours de route.

J'ai beau tenter de la chasser en fermant les yeux, j'ai toujours l'image de cette femme en chute libre, se pliant à la loi fatidique de la pesanteur, la tête en avant, les bras écartés comme si elle espérait déployer des ailes pour voler et éviter le choc fatal. Au fond, elle vit maintenant avec moi dans cette cellule. À certains moments, lorsque Fabrice se déplace pour monter dans son lit ou aller vers la porte et bigler par l'œilleton ce qui se passe dans le couloir, je suis parcouru de frémissements, mes cheveux se hérissent, je m'imagine que c'est la femme de la rue du Canada qui vient me demander des comptes. Je me retourne aussitôt et mon angoisse ne se dissipe qu'à l'instant où je réalise que c'est mon codétenu qui est en train de manger debout une biscotte avec de la confiture au miel.

Oui, je la revois, je l'entends, elle est en moi et je suis dans son regard défiguré par l'épouvante. Tout au long de sa chute vertigineuse, elle s'égosillait comme une bête qu'on marquait au fer rouge avec une cruauté inouïe. En rebondissant violemment contre le bitume, sa tête avait éclaté avec un bruit étouffé, telle une noix de coco gigantesque qui aurait implosé avant de se fissurer. Son corps fut brièvement parcouru par une sorte de transe épileptique, les yeux retournés, la bouche grande ouverte. En moins de trente secondes elle avait cessé de bouger, le sang maculait ses longs cheveux blonds et giclait par saccades d'une excavation au niveau de la nuque. Malgré les vertiges et la nausée qui me submergeaient, j'ai pris intérieurement de l'élan car j'apercevais de loin Pedro qui s'éloignait et allait bifurquer vers la rue Riquet. Hélas, mes pieds ne répondaient toujours pas. Peut-être parce que je ne pouvais pas quitter des yeux cette blonde. Ce n'est que lorsqu'un des habitants de l'immeuble, depuis le troisième ou le quatrième étage, a proféré des insultes indécentes à mon égard et a projeté vers moi une casserole, que je me suis détaché de la torpeur qui m'anesthésiait près de cette femme inerte, sans doute morte pour de bon. L'ustensile a échoué entre la blonde et moi. J'ai entendu d'en haut « Fils de pute ! », « Sale négro ! » En levant la tête, je me suis rendu compte que le même habitant essayait de me prendre en photo avec son téléphone portable. J'ai retrouvé soudain la mobilité de mes membres. J'ai couru pour gagner la rue Riquet où, quelques secondes auparavant, j'avais vu disparaître Pedro que je n'apercevais plus devant moi. Il avait certainement pris la première rue à droite, la rue de l'Olive, pour traverser le petit marché que nous avions aperçu lorsque nous étions arrivés dans les parages après notre déjeuner à L'Ambassade avec ce « type très important » qui revenait de Brazzaville.

Dans ma débandade j'ai croisé des gens qui se ruaient dans le sens opposé pour atteindre la rue du Canada d'où résonnaient les bruits stridents des sirènes. À aucun moment je ne me suis retourné. Je serrais plutôt les dents jusqu'à me mordre la langue au point que j'avais le goût du sang dans la bouche. J'étais persuadé que la blonde, couverte de sang de la tête aux pieds, s'était relevée et était à mes trousses comme dans un cauchemar. Cette idée accroissait encore mes foulées. Tout devant moi me paraissait rouge, ce rouge sanguin que j'ai toujours redouté.

Je suis parvenu à la hauteur de la brasserie Au roi du café, en face du métro Marx Dormoy. J'ai dévalé l'escalier. Comme je n'avais pas de ticket, j'ai enjambé le tourniquet qui bloque le passage aux fraudeurs et je me suis retrouvé sur le quai juste au moment où le signal du départ d'une rame retentissait et où les portes allaient se fermer. D'un bond de kangourou éperdu j'ai sauté dans la voiture de tête.

La ligne 12

Le métro me parut soudain le moyen de transport le plus lent de la terre. Pourtant il roulait comme d'habitude, sauf que je n'avais plus la notion du temps et de l'espace. La voiture de tête était quasiment vide en cette fin de journée. J'ai balayé du regard les rares usagers assis dans le fond sans poser les yeux sur l'un d'eux en particulier. Comme si je craignais que quelqu'un ne me reconnaisse et m'attrape pour me ramener rue du Canada devant le corps de la femme. C'était idiot de nourrir de telles pensées, mais je devais envisager tous les cas. Quand on est fugitif sa propre ombre devient suspecte, et il faut en premier lieu se méfier des gens qui paraissent ordinaires. Quelqu'un aurait donc couru plus vite que moi pour me tendre un piège dans cette voiture ? Quelqu'un aurait deviné que je ne pouvais m'enfuir de la rue du Canada qu'en empruntant le métro à la station Marx Dormoy ? Certes, il y avait d'autres possibilités : les stations La Chapelle, Riquet, Crimée ou Porte de la Chapelle. Pedro avait dû choisir l'une d'entre elles, malin comme il est, pour brouiller les cartes, alors que moi je venais de prendre la voie la plus évidente, c'est-à-dire la plus risquée. Pourquoi n'avais-je d'ailleurs pas opté pour l'une de ces quatre autres stations comme Pedro ? Elles étaient trop éloignées, il aurait fallu courir une bonne vingtaine de minutes. Or courir aussi longtemps en plein Paris aurait suscité la curiosité des passants, d'autant que j'étais bien habillé, avec un costume tout neuf acheté deux jours avant chez Connivences, la boutique de mode congolaise de la rue de Panama. C'est Pedro en personne qui m'avait rappelé qu'il fallait que je sois endimanché afin d'impressionner le « type très important » qu'on allait rencontrer à L'Ambassade. Avant ce rendez-vous, Pedro, très laconique, m'avait répété que cet homme venait directement de Brazzaville. C'est tout ce qu'il souhaitait que je sache à cet instant-là et, comme pour me motiver et couper court à toute curiosité de ma part, il avait ajouté :

— Tu seras pas déçu, mon gars, crois-moi ! La crise qu'on traverse dans le milieu, ça sera que du passé !

Alors nous sommes allés, lui et moi, dans cette boutique dont la devise est « L'art de faire chanter les couleurs ». Il s'est arrêté devant la vitrine, intéressé par un costume vert électrique et s'est retourné vers moi avec un sourire dont je ne pouvais dire s'il était sincère ou moqueur.

— Ça déchire, ce costard, tu ne trouves pas ? Je te vois bien dedans avec des mocassins Weston bordeaux !

J'ai fait non de la tête pendant qu'on entrait dans le magasin. Je n'étais pas partant pour cette couleur qui aurait donné la migraine au chien d'appartement d'une vieille dame du 16e arrondissement. Le propriétaire de Connivences – on l'appelle « Le Bachelor » – nous ayant aperçus en train de lécher sa vitrine, s'est précipité vers nous. Il a essayé de me convaincre pendant une demi-heure que ce costume était fait pour moi, qu'il m'attendait depuis plusieurs jours. J'ai demandé s'il n'y avait pas une couleur plus discrète. Le Bachelor s'est subitement emporté comme si je mettais en péril son commerce. Ses yeux roulaient de rage et, à ma grande stupéfaction, au lieu de s'en prendre à moi, il s'est mis à critiquer les Français qui, d'après lui, ne portaient que du noir ou du gris et avaient fini par nous coloniser sur le plan vestimentaire :

— C'est pour ça qu'ils sont tristes et froids, ces Français ! Regardez-les dans la rue ! C'est pitoyable ! Vous vous rendez compte qu'ils portent du gris ou du noir 365 jours sur 365, et même plus quand c'est une année bissextile ! Le vert électrique, mes frangins, c'est la couleur de la vie, de l'espérance, de l'optimisme. Et comme dans ce pays les gens ne vivent pas, n'ont pas d'espérance et sont pessimistes, ils ont en horreur cette couleur. Toi, avec ton beau corps, tu ne dois pas hésiter, mon gars ! Tu as peur de quoi ? De ces ignorants de la mode, hein ? Je suis convaincu que tu reviendras dans ma boutique pour d'autres couleurs ! Et je t'informe au passage que tu n'as rien vu car j'ai du rose, du jaune, du rouge et du mauve dans ma réserve au sous-sol ! Si tu ne prends pas ce costume, c'est que tu es encore sous la domination coloniale !

J'ai dû battre en retraite, d'autant que Pedro appuyait ces déclarations exagérées et que je ne voulais pas être vu comme un colonisé vestimentaire. C'est dire qu'avec ce costume on ne pouvait pas me rater dans la rue. J'étais comme une mouche dans un bol de lait.

*

J'étais assis sur un strapontin dans le sens de la marche. Il me fallait respirer, chasser cette blonde de ma tête, ne plus être hanté par son crâne éclaté, ses longs cheveux blonds ensanglantés, ses chaussures détachées de ses pieds. C'est d'ailleurs en pensant à ses chaussures que j'ai posé les yeux sur les miennes. Des Weston bordeaux comme l'avait souhaité Pedro. Elles étaient tachées par quelques gouttelettes de sang qui commençaient à sécher. À la seconde où je me suis courbé pour cracher dessus et les nettoyer avec le bout de mes ongles, j'ai senti sur mon épaule une main très ferme qui se resserrait. Mon sang n'a fait qu'un tour. J'ai fermé les yeux, la peur au ventre.

— Makambo !

C'était une voix un peu chevrotante et aiguë qui a secoué tout mon corps. Qui pouvait bien m'appeler par mon nom du pays alors que tout le monde me connaissait sous celui de Montfort ? Je n'ai jamais autant transpiré dans ma vie en un temps aussi court. Mon cœur cognait si fort contre ma poitrine que je me suis dit que j'allais succomber d'un moment à l'autre à une crise cardiaque. La main qui empoignait mon épaule était incandescente, et elle ne lâchait toujours pas prise.

— Makambo !

J'ai aussitôt rouvert les yeux et j'ai senti mon cœur ralentir sa folle agitation : c'était Pedro. Depuis quand m'appelait-il par ce nom alors que c'était lui qui m'avait attribué le nouveau ? Il s'est plié en deux pour occuper le deuxième strapontin près de moi. Ses mains tremblotaient, son regard était vide comme lorsqu'il avait fini de consommer trois joints dans notre studio. Quand c'était ainsi il ne fallait surtout pas lui parler, il devenait presque agressif.

J'ai hurlé sans me soucier de ceux qui pouvaient nous entendre dans le fond de la voiture :

— Elle est morte, Pedro ! C'était pas comme ça que les choses devaient se passer ! Tu as fait quoi du poignard, hein ?

Son calme m'inquiétait. Il avait des marques sur le cou et des taches de sang sur le col de sa chemise blanche qui dépassait de sa veste Barbour. Constatant que j'observais ces traces, il a remonté bien haut le col de sa veste et a soupiré :

— C'est rien, ça, c'est rien…

Alors que les stations défilaient et que mes pensées revenaient sans relâche sur la blonde, j'ai entendu Pedro chuchoter, en prononçant cette fois-ci mon faux prénom :

— José, à partir de ce jour nous ne nous connaissons plus. Et si par malheur tu te fais choper, ne prononce pas mon nom. Bien entendu, cette règle du silence vaut aussi pour moi à ton égard.

Il a remonté une fois de plus le col de sa Barbour et a enchaîné :

— Ne te fais surtout pas d'illusions, nous sommes dans le même bateau. S'il coule, nous coulerons ensemble. Notre seul salut c'est de disparaître pendant un moment de la circulation.

Il a plongé une main dans la poche intérieure de sa veste qui lui gonflait la poitrine comme s'il portait un gilet pare-balles et a sorti une liasse de billets neufs qu'il m'a tendue.

— Tiens ça, les bons comptes font les bons amis…

C'était la première fois que je voyais à quoi ressemblaient des billets de cinq cents euros. Comme sa main restait tendue, je me suis assuré que les usagers du fond n'avaient rien remarqué. J'ai vite pris la liasse et l'ai fourrée dans mon slip.

— Tu sais où tu vas maintenant ? m'a-t-il demandé.

Dès que je lui ai dit que j'allais dans notre studio il m'a regardé avec des gros yeux.

— À la maison, rue de Paradis ? Mais t'es con ou quoi ? Si tu veux tu peux me suivre, même si c'est pas prudent qu'on soit ensemble.

J'ai fait non de la tête.

— Bordel de merde, qu'est-ce que tu vas foutre à la rue de Paradis ?

— Je ne sais pas.

— Tu fais une grosse connerie, José. Et si tu trouves la police dans notre immeuble, qu'est-ce qui va se passer, hein ? Réfléchis bien !

Comme il avait compris que je ne changerais pas d'avis, il m'a averti :

— Bon, tu fais comme tu l'entends, mais ne descends pas à Cadet lorsque tu auras fait le changement pour la ligne 7, sors à la station d'avant. Prends l'habitude de déjouer les choses à partir de ce jour, c'est un conseil de frère.

La station d'avant c'était Le Peletier. Je me suis levé, il est resté dans la voiture en me laissant entendre qu'il allait du côté de la gare Saint-Lazare.

— Je vais peut-être revenir rue de Paradis, mais très tard dans la nuit…

Je n'étais pas dupe, il m'avait parlé en regardant ailleurs. Ce qui signifiait qu'il ne disait pas la vérité.

Et puis je savais qu'à Saint-Lazare des trains partaient pour la province. J'ai deviné qu'il emprunterait l'un d'eux.

*

Je ne sais pas pourquoi mon réflexe avait été de me rendre directement à la maison au lieu de m'enfuir avec Pedro. Sans doute parce que je me disais que c'était maintenant qu'il fallait y aller car plus tard notre domicile serait visité par la police. Cela lui prendrait quelques jours, mais elle finirait bien par débarquer rue de Paradis dont je n'appréciais plus du tout le nom au regard de ma situation.

En marchant, je songeais aux dernières paroles de Pedro qui résonnaient en moi avec une froideur implacable. Ça voulait dire quoi « à partir de ce jour nous ne nous connaissons plus » ? Il n'était plus le « grand frère » que j'avais connu. Désormais une sorte de ligne nous séparait et je préférais me dire que l'homme qui m'avait parlé n'était pas le Pedro qui m'avait accueilli en France et m'avait aidé à me débrouiller dans Paris.

La tribu du Paradis

En montant l'escalier de notre immeuble pour parvenir jusqu'au quatrième étage, où se trouvait notre studio, j'ai croisé à mi-parcours un voisin de palier qui se débattait pour descendre sa poubelle. Ce type, nous ne l'aimions pas, vraiment pas du tout. Nous estimions que c'était lui qui répandait une forte odeur d'oignon dans l'immeuble. Ce n'était pas à cause de ce qu'il cuisinait chez lui, c'était son odeur naturelle. Pedro allait jusqu'à se boucher les narines. Mais le voisin, lui, prétendait que cette pestilence venait de nous.

Il m'a dit bonjour et m'a complimenté pour mon costume vert électrique tout en pointant son doigt vers mon sexe. Je me suis dit que ma braguette était ouverte. J'ai vite vérifié, ce n'était pas le cas. J'ai baissé le regard : la liasse d'argent que j'avais fourrée dans mon slip avait comme gonflé mes parties. Je l'ai remercié sans lever la tête. Je n'avais plus confiance en personne. Pour moi n'importe qui avait pu se trouver rue du Canada, y compris ce voisin.

Aussitôt le type arrivé au troisième étage, j'ai glissé la liasse contre mes fesses et j'ai bien serré la ceinture de mon pantalon.

Sur notre palier j'ai entendu du bruit qui provenait de chez nous. Comme la musique couvrait les voix, je me suis dit que les policiers français n'étaient pas du genre à écouter la rumba congolaise en attendant de mettre la main sur des fugitifs.

Devant la porte j'ai hésité une bonne minute. Je suis resté debout immobile, le cœur battant comme un tambour. Je commençais peu à peu à mesurer la gravité de ce qui venait de se passer, et je regrettais à présent la bêtise que j'avais commise : revenir à la maison.

J'ai tourné doucement la poignée de la porte. Celle-ci n'était pas fermée à clé. Les cinq colocataires et compatriotes étaient tous là, assis à même le sol en train de manger de la viande de mouton avec du manioc. Les canettes de bières traînaient partout. Je suis resté sur le seuil, le regard absent, les mains le long du corps tel un zombi qui reviendrait dans son précédent domicile au lieu de rester au cimetière. Ma posture a intrigué les colocataires qui ont arrêté un instant de manger pour me détailler des pieds à la tête. Il y a eu d'abord un silence, puis des éclats de rire. Tous désignaient à présent mon costume qu'ils voyaient pour la première fois. Le jour où je l'avais acheté, j'étais vite revenu à la maison, il n'y avait personne et je l'avais caché au fond de ma malle à vêtements.

Les membres de la tribu du Paradis me découvraient maintenant sous un autre aspect. J'ai pensé qu'au départ ils ne m'avaient pas reconnu et que lorsqu'ils avaient constaté que c'était bien moi, ils avaient été pris de fou rire.

Moussavou, le plus âgé – la soixantaine – m'a prié de m'asseoir et de manger avec eux. J'ai aperçu un morceau de viande saignante et j'ai répondu non de la tête. Sans me retourner, craignant qu'ils ne remarquent tous mon derrière gonflé par la liasse d'argent, j'ai reculé de quelques pas pour repartir sur le palier.

— Dis donc, qu'est-ce que tu fais ? Tu repars ? a hurlé Moussavou.

— J'arrive, lui ai-je répondu.

Je suis allé dans les toilettes du couloir. J'ai fermé la porte à double tour et j'ai commencé à nettoyer mes chaussures afin d'ôter les taches de sang qui avaient noirci.

*

Dans les toilettes je repensais à Moussavou. Nous l'appelions « Le Vieux » parce qu'il vivait en France depuis une bonne trentaine d'années et se vantait d'avoir connu l'époque où tout était possible dans ce pays, du moins sur le plan du travail. Le Vieux nous racontait qu'on venait chercher les immigrés dans les foyers pour leur proposer du travail. En ce temps-là il avait tout fait : plombier, maçon, menuisier, etc. Quand la situation économique est devenue moins favorable à cause de la récession, il s'est résolu à travailler comme agent de sécurité dans les centres commerciaux ou dans les discothèques afro-antillaises.

Je me suis toujours imaginé que Le Vieux était né tel qu'il était maintenant, avec ses cheveux gris, sa calvitie qui coupe d'une ligne franche son crâne en deux. Très souvent malade des pieds et du dos, il restait la plupart du temps dans le studio à regarder les feuilletons télévisés du genre *Les Feux de l'amour* ou *Amour, gloire et beauté*, à verser des larmes, une bière entre les mains. Il était aussi un inconditionnel des épisodes de l'*Inspecteur Derrick* et d'un autre inspecteur un peu atypique, Colombo. S'il pouvait rester dans le studio la journée entière sans essuyer les critiques des autres locataires, c'est parce qu'il jouissait d'un statut spécial aux yeux de Pedro, et nous le sentions car Le Vieux était le seul à pouvoir élever la voix contre notre « propriétaire ». Entre lui et Pedro c'était une histoire de longue date. C'est Le Vieux qui avait accueilli Pedro en France et, nous le savions, il « bandait fort » à l'époque : il était un des personnages les plus influents du milieu congolais. Je peux avancer sans risque de me tromper qu'il avait de près ou de loin contribué à montrer à Pedro tous les moyens nécessaires pour subsister dans ce qu'il qualifiait de « jungle parisienne ». Le Vieux avait laissé quelques plumes sur son parcours : il avait été en prison à deux reprises, et il le rappelait en bombant les pectoraux. Pour lui, c'était un signe de bravoure et d'expérience. Et lorsque nous autres, les « petits frères », nous minimisions ces épisodes carcéraux, Le Vieux nous remettait sèchement à notre place avec une de ses formules de prédilection pour nous demander de respecter les anciens :

— Dans le village où je suis né on dit que si la branche veut fleurir, qu'elle honore ses racines !

Et quand nous bavardions dans le studio – et Dieu sait qu'on hurlait presque la nuit entière sans nous écouter les uns les autres –, lui se taisait. J'allais vers lui pour lui demander les raisons de son long silence. Il souriait, puis me répondait :

— Dans le village où je suis né on dit que lorsque les hommes bavardent par centaines, c'est celui qui se tait qui a raison…

Son premier séjour en taule datait du temps où il fabriquait des faux billets de francs français. On rapportait que ceux qui sortaient de ses mains étaient tellement vrais que les vrais paraissaient faux. Combien d'Arabes du coin le consultaient pour grossir leur chiffre d'affaires ? Tout le monde l'a regretté pendant son emprisonnement. Il est sorti au bout de cinq ans et a été reçu dans le milieu comme un héros national. Mais il savait qu'il n'exercerait plus son activité, la police ayant l'œil sur lui. Il décida alors de créer un petit réseau constitué de compatriotes qui allaient d'immeubles en immeubles dans les différents quartiers parisiens pour casser les boîtes aux lettres dans l'espoir d'y dénicher des chéquiers – en ces temps bénis les banques les envoyaient à leurs clients par courrier ordinaire. Quand on lui rapportait les chéquiers volés, il allait voir un de ses proches, Shaft, qui s'activait à fabriquer des papiers d'identité correspondant aux noms inscrits sur les chèques. C'est ainsi que beaucoup de nos compatriotes se retrouvaient avec des noms très français alors qu'ils étaient aussi noirs que le charbon et que leur accent était aussi fort que celui d'un tirailleur sénégalais. Il fallait utiliser les chéquiers dans la semaine, avant que les vrais propriétaires ne s'en aperçoivent. C'était l'occasion d'acheter chez Weston, aux Galeries Lafayette Opéra ou dans les boutiques de la rue du Faubourg-Saint-Honoré. Une fois les chéquiers épuisés, ils devaient changer d'identité pour ne laisser aucune trace.

Cette deuxième activité coûta au Vieux son second séjour derrière les barreaux. Cinq autres années à l'ombre. Cinq années pendant lesquelles il avait pu faire le bilan de sa vie, constatant que le temps passait, qu'il devait songer à s'assagir. C'est ainsi qu'à sa sortie il décida de prendre sa « retraite » et de ne plus se consacrer qu'à conseiller ceux qu'on appelait les « jeunes branches ». En un mot tous les jeunes du pays qui débarquaient et risquaient de se perdre dans la « jungle parisienne ». Ces conseils lui assuraient des revenus car dans notre milieu la reconnaissance dure jusqu'à la mort de celui qui a bénéficié d'un service.

*

Avant de quitter les toilettes où j'avais enfin terminé de détacher le sang sur mes chaussures, j'ai ôté ma veste et caché la liasse de billets dans une poche intérieure.

Quand je suis entré dans le studio, Le Vieux ne m'a pas laissé le temps de souffler :

— Dis donc, José, tu te masturbais ou quoi ? Regarde-moi tes chaussures, elles sont mouillées ! Bon, je rigole, ça m'arrive aussi de pisser et de ne pas me rendre compte que j'arrose mes chaussures ! Mais pas à ton âge ! Vous êtes très précoces, vous les jeunes d'aujourd'hui !

Les autres ont ri à gorge déployée pendant que je commençais à ranger mes affaires dans un sac de voyage noir que je gardais dans un coin de la pièce, le même sac que j'avais lors de mon arrivée en France. Tout cela sonnait comme un retour à la case départ.

— Tu vas où comme ça ? s'est inquiété Prosper, une trentaine d'années, originaire du Nord Congo.

Dans le studio nous étions tous des gens du Sud, sauf Prosper, et on le charriait de temps à autre pour ça. On le traitait de mangeur de crocodiles, comme les gens du Nord qui raffolent de cette viande et lui, il répliquait que nous autres, les gens du Sud, mangions du chien ou du chat.

— Moi je préfère encore la viande de crocodile parce que c'est pas un animal domestique comme le chien ou le chat. Comment vous, les gens du Sud, vous pouvez manger un animal que vous voyez tous les jours et que les Blancs d'ici respectent plus que les êtres humains ? C'est cruel ! En France, les animaux domestiques ils ont des hôpitaux, des docteurs ! Attendez un peu que cette femme qui défend les animaux vous montre du doigt ! Comment déjà qu'elle s'appelle, la Blanche, là, qui aime plus les bêtes que les hommes et qui était actrice ?

— Brigitte Bardot ! Vraiment les Nordistes sont des incultes ! Ils ne connaissent même pas Brigitte Bardot ! lâchait Le Vieux, tandis que la tribu se tordait de rire.

Après ses études de sociologie, au lieu de retourner au pays, Prosper avait préféré rester en France. Normalement, étant un Nordiste, il aurait eu toutes les chances de trouver du travail au pays puisque notre président était de sa région. Ce n'était pas si évident, tonnait-il lorsqu'on l'embêtait à ce sujet. Dans chaque région il y avait en effet des ethnies différentes. Lui n'était pas de l'ethnie du président et, en plus, son père était un opposant au régime et vivait à Rennes où il avait épousé une Française. Prosper avait coupé les ponts avec ses parents, qui ne supportaient pas les mésaventures de leur gamin à Paris. Prosper avait été le « lieutenant » du Vieux pendant quelques années, à l'époque du trafic des chéquiers. Il était un membre de ce groupe de vingt qui allait casser les boîtes aux lettres. Le Vieux, fin stratège, avait découpé Paris en vingt « parcelles », comme il le disait avec la fierté d'un propriétaire terrien de chez nous. Cela correspondait aux vingt arrondissements de la capitale. Il ne tolérait aucune violation de ses terres par des concurrents qui se redéployaient alors dans les différentes banlieues parisiennes pour exercer la même activité. Les vingt membres de l'équipe avaient le statut de « sectorisés » et pouvaient se faire aider par des « sectorisés adjoints », mais seulement avec l'approbation du Vieux. Prosper était le sectorisé du 16e arrondissement. Il racontait qu'il tombait parfois sur des chéquiers de personnalités connues de la France entière, qui passaient à la télé. Ils étaient ministres, magistrats, artistes, chefs d'entreprises ayant pignon sur rue. D'autres présentaient le journal télévisé ou animaient des émissions très populaires. Prosper, fier de son butin, rapportait les chéquiers de ces gens renommés. Comment Le Vieux allait-il travailler sur ces documents et donner à ceux de notre communauté des noms aussi réputés ? Il les gardait, juste pour le plaisir de dire qu'il était en possession des chéquiers de telle actrice de cinéma ou de tel fils de tel grand chanteur, et ça s'arrêtait là. Prosper avait gagné comme ça beaucoup d'argent, il avait acheté deux maisons au pays et quelques taxis que ses frères faisaient tourner là-bas.

Depuis cette époque, le Nordiste a toujours vécu près du Vieux en signe d'allégeance et de reconnaissance. Ils avaient d'abord habité au Blanc-Mesnil, puis à Sarcelles pendant des années avec quelques autres sectorisés. Et quand Pedro avait eu besoin de Prosper à ses côtés pour ses activités, celui-ci avait carrément argué qu'en France il ne pourrait pas habiter quelque part sans Le Vieux, son protecteur. Ce qui n'avait pas constitué un obstacle puisque Pedro avait une dette à l'égard du Vieux.

— Tu vas où ? a insisté Prosper, voyant que je ne lui répondais pas et continuais à ranger mon sac.

— Je vais faire un tour en province, ai-je murmuré.

— Arrête, José, tu ne connais personne en province ! Dis-nous que tu as trouvé une Blanche très chaude et que tu vas vivre avec elle !

Désiré, vingt-cinq ans, venait de parler. Il était arrivé en France deux mois avant moi. Au pays il était musicien dans un orchestre de quartier, et considéré paraît-il comme la future star de la musique congolaise, alors que moi je n'avais jamais entendu parler de lui, encore moins écouté un de ses titres à la radio dans la fameuse émission *Dites-le par la chanson*. Il a jugé que c'était en France qu'il pouvait s'épanouir artistiquement. Mais depuis son arrivée, les choses ne marchaient pas comme il l'espérait. Il traînait devant le Studio Bleu, un lieu d'enregistrement situé rue des Petites-Écuries, espérant qu'un jour les groupes africains qui répétaient là l'engageraient. En attendant, il jouait de la guitare dans le métro, en particulier à Étienne Marcel ou à Châtelet. Il avait d'ailleurs l'habitude de ramener chaque soir une Française tombée, d'après lui, sous le charme de son art. Ces filles se ressemblaient toutes : étudiantes en anthropologie, en histoire ou en musicologie du continent noir, vêtues souvent de pagnes africains et coiffées de dreadlocks ridicules. Elles nous expliquaient, à nous Africains, ce qu'était le continent noir, les Africains et leurs ethnies. On les écoutait d'une oreille et on savait qu'elles venaient surtout se faire tirer par des nègres, un point c'est tout. D'ailleurs elles revenaient en l'absence de

Désiré qui jouait à Châtelet, et elles se faisaient sauter par le premier membre de la tribu du Paradis qu'elles trouvaient sur place. Désiré s'en foutait puisque le soir même on l'entendait monter l'escalier avec une autre qui ricanait telle une hyène.

— Pourquoi tu mets tes affaires dans un sac ? À mon avis tu devrais discuter avec Pedro au lieu de te barrer comme ça. On dirait un mauvais locataire qui n'arrive plus à payer son loyer !

Bonaventure, vingt-neuf ans, était mon adversaire principal. Lui et moi nous disputions âprement les faveurs de Pedro. Bonaventure ? Avec un tel prénom je ne sais pas s'il avait été gâté par la vie puisque rien dans son existence n'avait montré que son aventure avait réussi en France. Neuf ans déjà qu'il vivait dans ce pays sous la protection de Pedro, qui l'aimait beaucoup, et dont il était le garçon à tout faire avant que je n'arrive. Il était pour Pedro ce que Prosper était pour Le Vieux : un lieutenant, mais en moins lettré. Si Prosper s'occupait du 16e arrondissement et participait parfois à la fabrication des pièces d'identité devant Le Vieux et le fameux Shaft, Bonaventure n'était là que pour les courses de Pedro. Toute la journée il sillonnait la capitale à la rencontre des débiteurs de notre logeur. Va récupérer deux mille euros chez Untel. Va réceptionner un colis qui vient du pays. Bonaventure s'exécutait avec une fidélité de chien de chasse. Au fond, jalousie à part, c'était un gentil garçon que je trouvais par moments plus cultivé qu'on ne le croyait, capable de vous réciter *La Mort du loup* d'Alfred de Vigny sans hésiter sur un seul vers et en y mettant une émotion qui nous bluffait tous. Il avait décidé de suivre une formation rapide pour devenir agent immobilier, « le premier agent immobilier noir de Paris », proclamait-il. Ça n'avait pas marché, on l'utilisait pour les visites d'appartements dans les arrondissements peuplés d'immigrés et où ses chefs, prudents, se retenaient d'envoyer les collègues blancs. Pedro lui avait dit de laisser tomber ce boulot aussi merdique que celui d'agent de sécurité d'un centre commercial dans une banlieue chaude. Toujours est-il que Bonaventure parlait avec jubilation de cette époque où il faisait visiter les appartements. Il se vantait d'avoir sauté plusieurs de ses clientes dans ces logements vides et, confiait-il, c'était excitant d'entendre une Blanche qui couinait de plaisir et l'écho qui emplissait alors la pièce. Il a gardé dans un petit cahier la liste de ces aventures. Ses conquêtes allaient de la veuve de province qui emménageait à Paris aux jeunes étudiantes sans le sou, en passant par les femmes en instance de divorce d'avec des maris qu'elles quittaient parce qu'ils ne bandaient plus ou avaient un zizi aussi minuscule que l'auriculaire d'un prématuré. Bonaventure avait surtout une préférence pour celles qui avaient atteint ou dépassé la cinquantaine. Nous savions que dès qu'il en voyait une dans cette tranche d'âge, petite, grande, obèse ou anorexique, il perdait la tête, et peu importait qu'elle soit avec quelqu'un d'autre. C'était le genre à tenter l'impossible pour tirer son coup, j'allais d'ailleurs très vite l'apprendre à mes dépens.

— Sérieusement, José, arrête tes conneries, tu vas où ?

C'était Willy, un autre trentenaire, qui voulait savoir. Mécanicien au pays, il était venu en France dans l'espoir de travailler chez Renault ou Citroën, et il prétendait maîtriser mieux que les mécanos français les moteurs fabriqués par ces entreprises. Mais les constructeurs avaient intégré des éléments technologiques très poussés ; il ne suffisait plus, comme au pays, de bidouiller un boulon ou une vis pour réparer l'automobile, il fallait être futé. Or Willy n'avait aucun diplôme en la matière, ayant appris le métier sur le tas dans le garage de son oncle maternel. Il avait révisé ses prétentions et travaillait le plus souvent avec les Maliens qui réparaient à la sauvette des voitures à Montreuil. Il n'avait certes pas du travail tout le temps, mais quand il en avait on le voyait : il se saoulait la gueule avec son pognon et oubliait parfois de payer sa part de loyer. Il était le plus posé, le plus gentil de la tribu. Prosper le Nordiste le traitait de travailleur manuel. Willy, d'un calme inébranlable, rappelait à son détracteur que lui n'avait jamais volé de chéquiers dans sa vie, qu'il vivait à la sueur de son front et que lorsqu'il croisait les Français dans la rue il n'avait pas de remords parce qu'il ne leur devait rien, il ne leur avait jamais rien volé. Le Vieux, ulcéré, haussait le ton. On touchait à son ancienne activité dont il se sentait responsable jusqu'à la fin de ses jours :

— Et alors ? Eux, les Français, ils ne se sont pas privés de nous piquer nos matières premières pendant la colonisation ! Et je dis qu'ils les piquent encore jusqu'à ce jour ! Alors voler les Français c'est comme nous faire rembourser !

*

Mon barda était maintenant bien rangé. Comme je n'avais pas beaucoup d'affaires, tout tenait dans ce sac noir gonflé comme la panse d'un âne. Je portais un survêtement Adidas bleu et des baskets blanches.

— José, qu'est-ce qu'on dira à Pedro quand il va revenir ? m'a demandé Bonaventure, l'air désespéré comme s'il avait cru jusqu'à cet instant que je leur faisais à tous une blague de mauvais goût et qu'il était temps que je cesse ma plaisanterie.

— Oui, qu'est-ce qu'on lui dira, hein ? a repris Désiré qui se débattait avec un os dans la bouche.

— Laissez-le partir, il reviendra au petit matin ! Dans le village où je suis né, on dit que lorsqu'on a mangé salé on ne peut plus manger sans sel ! a conclu Le Vieux.

J'étais déjà devant la porte lorsque j'ai dit :

— Pedro ne viendra pas aujourd'hui, peut-être même qu'il ne reviendra plus du tout. Je vous conseille de faire comme moi, sinon attendez-vous dans les heures ou les jours qui viennent à des visites qui ne seront pas toujours ambiancées. Certains vont finir au trou...

M'adressant au Vieux, j'ai lancé :

— Dans le village où je suis né on dit que lorsqu'on coupe les oreilles le cou devrait s'inquiéter...

Un silence immédiat a amplifié le bruit de la porte que je venais de fermer derrière moi.

Sur le palier j'ai entendu Bonaventure demander aux autres :

— Vous avez entendu ? Qui lui a appris à parler comme les sages ? Quand on coupe les oreilles le cou devrait s'inquiéter ! C'est beau ça, non ?

J'ai respiré pendant quelques secondes avant de descendre l'escalier et de me dire que je ne reverrais plus ce studio, et cette tribu de la rue du Paradis non plus.

En sortant de l'immeuble, j'ai recroisé notre voisin de palier. Il m'a dit bon voyage. Je n'ai pas répondu.

Débarquement au Paradis

J'étais maintenant à plus de deux cents mètres de notre immeuble, mon sac dans la main droite. Je me suis retourné pour garder une dernière image du bâtiment et des environs. Le voisin, que j'avais croisé avec sa poubelle, fumait devant la porte d'entrée et me regardait m'éloigner. Il a agité une main. Je n'ai pas répondu. Il commençait à m'agacer, ce type qui sentait l'oignon.

Pendant que je marchais le long de la rue du Faubourg-Poissonnière pour atteindre la station Poissonnière – je voulais éviter de prendre le métro à Cadet – je ne cessais de repenser à Pedro. Avait-il réellement pris un train pour la province ? Et si tout cela n'était qu'un leurre ? Reviendrait-il vraiment dans le studio la nuit pour, comme moi, récupérer quelques affaires et disparaître le temps que cette histoire de la rue du Canada refroidisse un peu ? J'espérais en tout cas le revoir pour lui demander ce qui s'était réellement passé là-haut, au cinquième étage. Mais aurais-je le courage de lui tenir tête cette fois-ci ?

Pedro est pour moi un grand frère. Cela a son poids, en Afrique, où le grand frère a toujours raison. C'est lui le responsable du comportement des « petits frères ». Et ceux-ci doivent suivre son exemple. Même si nous vivions en France, cette règle ne devait pas être négligée. Au fond, Pedro a toujours eu une influence sur moi. Mais qui, dans notre milieu de Congolais de Paris, en dehors du Vieux et de Shaft, n'a pas été sous son influence ? Je ne vois personne, autant que je me souvienne. Dans une certaine mesure Pedro était l'héritier direct du Vieux, et je comprenais de mieux en mieux la présence de ce dernier dans notre tribu du Paradis. C'était bien d'avoir chez soi un « ancien combattant », un œil de sage. C'est ce qui explique aussi que Pedro connaissait Paris comme sa poche. Toutefois, il avait une longueur d'avance sur Le Vieux et son acolyte Shaft qui étaient, selon nous, de la vieille école et presque à la retraite ou n'intervenant que lorsque la jeunesse ne pouvait rien face à l'expérience. Le Vieux et Shaft avaient surnommé Pedro « Le Maire de Paris », une forme de passation de pouvoir à leur « petit frère » qui errait le plus souvent dans le marché Dejean de Château Rouge, et surtout dans le restaurant Chez Pauline Nzongo où, entre deux verres de Guinness ou de Pelforth, il vendait des titres de transport aux compatriotes et autres Noirs de France.

Qui dans notre milieu ne doit pas à Pedro sa présence ou sa résidence dans ce pays ? Qui pourrait lever le doigt et dire du mal de lui ? Pedro était un homme très occupé, sans cesse sollicité pour une raison ou pour une autre. Ses téléphones portables – il en avait quatre – n'arrêtaient pas de sonner. Untel n'avait plus son acte de naissance ? Pedro s'en occupait. Un autre avait raté dix fois son permis de conduire ? Il s'adressait à Pedro. Un couple de Congolais avait du mal à trouver un logement ? Pedro fabriquait des fiches de paie, des attestations d'employeurs, des feuilles d'imposition ; le couple se retrouvait dans un bel appartement et remerciait son bienfaiteur en lui donnant trois mille euros. Un compatriote allait être chassé d'un foyer de jeunes travailleurs du 14e arrondissement parce qu'il avait dépassé l'âge requis pour y résider ? Pedro diminuait son âge en lui remettant un acte de naissance tout neuf. Et lorsque Pedro ne pouvait pas réaliser le vœu de quelqu'un, il savait à qui s'adresser pour sous-traiter l'affaire et tirer une commission au passage.

Je lui dois, moi aussi, beaucoup, et même trop, je le reconnais. Je ne pourrai jamais assez le remercier. C'est lui qui m'avait fait venir du pays, qui m'avait reçu il y a maintenant quatre ans. Il avait tout préparé : billet d'avion, fausse carte de séjour, fausse pièce d'identité avec ce nom de José Montfort que la France entière connaît maintenant. J'avais voyagé sans rencontrer aucune difficulté, alors que dans l'avion j'avais eu des sueurs froides. Je me disais : et si tout cela s'arrêtait brusquement à Roissy ? Pedro m'avait dit de bien me mettre dans la tête mon nouveau nom et qu'il fallait, selon ses propres termes, que j'« enterre » définitivement le vrai.

En recevant mes papiers d'identité par DHL à Pointe-Noire, je n'en crus pas mes yeux. Si toutefois je les compulsais avec émerveillement, mes craintes grandissaient à mesure que la date du voyage approchait. D'après ces documents j'étais censé résider en

France, j'étais donc en vacances au Congo. C'est pour cela que le billet avait déjà été utilisé pour l'aller par ce même José Montfort qui devait retourner en France. Pas besoin d'aller m'aligner devant l'ambassade de France pour un visa, j'étais officiellement en situation régulière, il ne me restait plus qu'à prendre l'avion, d'abord de Pointe-Noire à Brazzaville, ensuite un deuxième pour Roissy-Charles de Gaulle.

La veille du départ je continuais à me demander où il était allé dénicher ce nom de José Montfort et si ce dernier n'allait pas me porter la poisse. Mais tant que ce n'était pas mon vrai patronyme je n'avais rien à craindre. Je préférais de loin ce nouveau nom à celui de Julien Makambo. Comment se faisait-il que ces deux noms aient étrangement les mêmes initiales, J. M. ? Était-ce Pedro qui l'avait décidé ? Quoi qu'il en soit, Montfort résonnait mieux que Makambo, et je n'avais qu'à me concentrer sur les quatre dernières lettres : fort. J'étais persuadé que je serais « fort » en France. Je me suis donc accoutumé à cette appellation. À Fresnes, même si nous ne sommes que des numéros, je sais que je suis détenu en tant que José Montfort. Un peu comme si Julien Makambo était dehors, libre de ses mouvements, et avait laissé à José Montfort le soin de subir les conséquences de ses mésaventures.

Si Pedro était aussi attentionné à mon égard, au point que les membres de la tribu du Paradis, y compris Le Vieux, jugeaient que j'étais devenu son vrai protégé à la place de Bonaventure, c'est que nous avions par-dessus tout des liens par alliance. Certes, il n'y a pas eu de mariage entre lui et un membre de ma famille, mais il a eu un enfant avec ma grande sœur, et c'est ma mère qui s'occupe de ce gamin. C'était donc normal qu'il m'aide à venir en France, cela lui ôtait un poids des épaules : nous serions au moins deux à nous occuper de ceux qui étaient restés au pays.

Comment oublier le premier jour de mon arrivée en France ? L'Europe était là, devant moi. Cet espace qui nous obsédait depuis le pays était enfin une réalité. Et j'avais la chance de ne pas échouer dans un endroit où il n'y aurait personne pour me tendre la main. Pedro était venu me chercher à Roissy. Ce jour-là j'ai emprunté pour la première fois le RER. Je trouvais que Pedro était un peu plus grand que lorsqu'il vivait au Congo. Mais nous autres, du bled, on s'imagine que les Noirs d'Europe sont toujours plus grands que nous. L'Europe fait forcément grandir, pensions-nous. À l'aéroport, Pedro arborait des vêtements griffés Yves Saint Laurent et Gianni Versace – je lus ces noms avec avidité. Ses lunettes de soleil Dolce & Gabbana lui donnaient l'allure d'une vedette qui voulait garder l'anonymat dans la rue. C'était peine perdue car porter ce genre de lunettes en plein hiver ne pouvait que susciter la curiosité. Et puis le long manteau noir, les bijoux en or vingt-quatre carats autour du cou, les bagues scintillantes aux cinq doigts de sa main gauche, les chaussures Weston bordeaux bien cirées avec des fers sous les semelles qui résonnaient à chaque pas, tout cela m'indiquait qu'il était un pape à Paris et qu'il suivait de près le mouvement de la Sape, la Société des ambianceurs et des personnes élégantes. Un Sapeur ne pense qu'aux vêtements, et plus ils sont extravagants plus on le respecte.

Je n'ai pas oublié le costume qu'il portait lorsqu'il

ôta son manteau, un costume d'un rouge tellement vif que les Blancs se retournaient et pouffaient devant un tel culot dans le choix des couleurs. Pedro, pendant ce temps, rajustait d'un geste bien étudié le revers de sa veste, remontait légèrement son pantalon et marchait comme si ses pieds ne touchaient pas le sol. Était-ce pour m'impressionner qu'il s'était habillé de la sorte ? Il n'en avait pas besoin, il était le Parisien le plus respecté du pays, sa vie était pour nous une légende. Les jeunes rêvaient de lui ressembler, c'est-à-dire venir en France, porter de beaux vêtements et descendre au pays pendant la saison sèche pour impressionner la population.

Enfin, on rapportait que Pedro pouvait du jour au lendemain changer le cours de votre vie, dans le bon sens, bien sûr. Sauf peut-être si, comme moi, vous vous appeliez Makambo.

Dans le RER je lui donnai des nouvelles de Pointe-Noire. Sa mère souffrait de plus en plus d'éléphantiasis et s'occupait avec difficulté des ses cinq autres enfants. L'argent que Pedro envoyait semblait ne plus suffire. Et puis j'ai parlé de Chris, l'enfant qu'il avait eu avec ma sœur Edwige. Je lui ai montré sa photo, il l'a regardée un moment et l'a mise dans une poche. Chris avait maintenant six ans et fréquentait l'école primaire du quartier des Trois Martyrs. Ma sœur aînée se portait bien et vendait des arachides au grand marché de Pointe-Noire avec ma mère. Edwige espérait toujours que Pedro la ferait venir en France. Elle était aussi consciente qu'il n'y avait aucune promesse dans ce sens et qu'il n'y avait pas non plus de projet de mariage. Pedro m'expliqua que sa préoccupation était de faire venir un jour le petit Chris. Qu'il n'y avait plus rien entre lui et ma sœur, mais qu'il restait et s'estimait un membre de notre famille.

À la station Gare du Nord, il a tenu à m'expliquer sur une petite carte de poche les différentes lignes du métro parisien. D'après lui je m'accoutumerais très vite, il ne fallait surtout pas que je sois accompagné par quelqu'un à chacun de mes déplacements.

— José, la meilleure façon de connaître une ville c'est de s'y perdre, me dit-il, l'air un peu moqueur.

En l'entendant m'appeler José j'ai sursauté. J'avais en réalité déjà oublié que ce n'était pas Julien Makambo qui était arrivé en France, mais José Montfort. Il avait vraiment de la suite dans les idées, Pedro. Jamais il ne m'appellerait plus par mon vrai nom, sauf ce vendredi 13, dans le métro, quand il m'avait donné des sueurs froides alors que je m'étais échappé de la rue du Canada.

— Dès la semaine prochaine, me dit-il, tu te baladeras seul, il faut que tu te perdes un peu dans Paris. Ne prends pas de ticket, ce pays nous a piqué nos matières premières pendant des années et des années, il nous doit un remboursement, c'est normal. Je t'apprendrai tout à l'heure comment sauter les tourniquets ou passer juste derrière quelqu'un.

La première leçon eut lieu à la station Cadet devant un guichetier à la fois ébahi et amusé, qui ne comprenait pas notre petit jeu car nous étions déjà sortis ; Pedro m'avait dit de faire comme si je regagnais le quai, mais en me collant à un usager pour franchir le tourniquet. Ce que je parvins à faire, pendant qu'il m'attendait avec mon sac de voyage devant le guichet. Pour le rejoindre ce fut un jeu d'enfant, les portes de sortie s'ouvraient automatiquement. Le guichetier, dépassé par cette scène insolite, hocha la tête au moment où je repassais devant lui et récupérais mon sac de voyage.

Je découvrais cette rue de Paradis. Un nom magique, féérique. Une rue au nom tout aussi magique et féérique y menait : la rue Bleue. Pour moi qui avais vécu dans un quartier où parfois les rues n'avaient pas de nom – il fallait expliquer aux gens qu'on habitait près d'un manguier, d'un avocatier ou d'un papayer – tout cela était nouveau. Pedro vivait donc là, dans un vieil immeuble à la lourde porte peinte en vert. En face, un Pakistanais tenait un bazar, où plus tard nous achèterions nos canettes de bière, le Monoprix le plus proche étant au 118, rue Lafayette, non loin de l'église Saint-Vincent-de-Paul. On n'y allait pas souvent car il fallait marcher un peu ou attendre que Pedro y envoie Bonaventure.

J'étais surpris de trouver plus de cinq compatriotes chez Pedro. Les présentions furent rapides. J'étais le bleu, le nouveau venu, celui qui était tenu de respecter les « anciens » et de faire les petites courses à leur place. Ils étaient tous là : Le Vieux, mentor de Pedro ; Prosper le Nordiste, amateur de viande de crocodile ; Désiré le musicien qui errait devant le Studio Bleu et ramenait des Françaises spécialistes du continent noir ; Bonaventure l'agent immobilier raté, qui s'enorgueillissait d'avoir sauté des clientes dans les appartements vides, et Willy le mécanicien dépassé par la technologie de Citroën et Renault au point qu'il en était réduit à travailler avec les Maliens de Montreuil.

Bonaventure me regardait avec hauteur. Je compris sur-le-champ que nous passerions notre temps à nous affronter. Il avait deviné que j'allais prendre sa place et devenir le favori de Pedro. Il fut le seul à ne pas me parler le jour de mon arrivée, alors que les autres me demandaient des nouvelles du pays. Ne les connaissant pas, ni leur famille au Congo, je ne pus donner que des informations générales, du genre « tout le monde va bien, même si le Congo est par terre et que la viande de bœuf n'est plus à la portée de la population ».

En balayant la pièce du regard je m'étais quelque peu inquiété. Comment et où dormaient-ils ? Je l'ai compris assez vite : il y avait plusieurs matelas superposés par terre dans un coin, qui devaient être entassés chaque matin pour permettre la circulation et redéployés le soir. Un réchaud à double plaque reposait sur une table en bois sous laquelle on stockait pêle-mêle des boîtes de conserve, de la vaisselle et le papier hygiénique. À côté de ce désordre, un vieux réfrigérateur Brandt fonctionnait péniblement avec, posée dessus, une télévision allumée en permanence. Les vêtements étaient rangés dans des malles métalliques. Chaque occupant avait pris le soin de coller une étiquette avec son nom sur celle qui lui appartenait. Je devrais, moi aussi, m'acheter une malle au marché Dejean et coller une étiquette à mon nouveau nom. La douche et les WC se trouvaient sur le palier, au bout d'un couloir étroit à peine éclairé. Pendant la journée on rencontrait régulièrement quelqu'un avec une serviette autour des reins.

Les membres de la tribu du Paradis que Pedro m'avait présentés étaient tous pour moi des inconnus, pourtant nous allions vivre à sept dans cet espace. Pedro nous rappelait que nous devions être solidaires, que les lieux nous appartenaient indivisiblement, même si c'est son nom seul qui figurait sur le bail.

Les membres de la tribu rentraient le soir, en général très tard, avec des canettes de bière, de l'herbe achetée à Château Rouge ou aux Halles, de la viande de mouton, et nous mangions et fumions en écoutant de la musique du pays. Prosper le Nordiste savait où dénicher sa viande de crocodile, mais personne ne se risquait à la manger avec lui. Il se mettait dans un coin et avalait goulûment cette viande sous le regard horrifié des autres. Le joint, long et maladroitement roulé par Le Vieux, circulait de main en main. Bonaventure toussait après deux bouffées et ricanait comme un âne. Le Vieux devenait tout calme, il n'avait plus mal aux pieds ni au dos, ses yeux roulaient comme un boa repus. Willy parlait beaucoup des voitures qu'il réparait à Montreuil, tandis que Prosper et Désiré dansaient comme des dingues en augmentant le son de la radiocassette que Le Vieux avait achetée à Barbès. Pedro, lui, devenait irascible pour un rien. Il faut dire qu'il fumait trois joints à lui tout seul. Moi, c'était la première fois que je goûtais à l'herbe. Tout le monde s'endormait enfin profondément jusqu'au petit matin.

En vérité Pedro régnait sur notre groupe en monarque absolu – j'écarte toujours Le Vieux, bien entendu, parce que son âge dissuadait Pedro d'élever la voix, même si notre doyen avait tort. Chaque mois la tribu du Paradis devait lui remettre de l'argent que Pedro comptait avant d'aller payer le loyer dans une agence immobilière de la rue Lafayette. Moi j'avais une période de grâce qui, au bout de trois mois, avait fini par s'épuiser.

Un matin, alors que les membres de la tribu étaient sortis, y compris Le Vieux qui avait un rendez-vous à Lariboisière pour son mal de dos, Pedro m'a dit :

— Tu ne peux plus continuer à roupiller toute la journée, mon gars. On n'est plus au pays, ici ! Paris c'est Paris, tout le monde doit bosser. Les autres compatriotes ne comprennent pas pourquoi tu ne fous rien, ils vont finir par refuser de payer leur part de loyer. Et puis, moi je ne vais pas à chaque fois payer pour toi, tu es un adulte, tu as des mains et des jambes, grouille-toi !

Je lui ai fait comprendre que j'étais bien disposé à travailler, mais où trouver du travail ? Je ne savais même pas à quelle porte frapper. Pedro eut un long sourire, et c'est là qu'il me sortit un sachet rempli de tickets de métro :

— J'y avais pensé… Commence par vendre ces titres de transport au marché de Château Rouge dès ce soir. Si tu écoules au moins une centaine de carnets, ça te fera un peu d'argent.

Ce soir-là, à Château Rouge, nous sommes entrés dans son restaurant préféré, Chez Pauline Nzongo, rue de Suez, à quelques mètres de la boutique Connivences. On a commandé des bières, et on a bu en écoutant le dernier disque de Papa Wemba. L'établissement était plein de compatriotes qui parlaient fort. Mon attention fut captée par un type bizarre assis dans un coin, avec un verre plein mais qu'il ne buvait pas. Il avait l'air d'un personnage échappé du siècle dernier qui vivait dans sa bulle. Vêtu d'un long manteau en cuir noir, l'homme semblait discuter avec des ombres invisibles. Au cours de ces débats étranges il éclatait brusquement de rire et buvait enfin sa bière. En fait il mouillait à peine sa lèvre supérieure avec la mousse, reposait le verre sur la table, puis reprenait ce que j'imaginais être des monologues sans queue ni tête. Intrigué par le personnage, je n'ai pas pu retenir ma curiosité :

— C'est qui, lui ? ai-je demandé à Pedro.

— Lui ? Regarde-le bien... a-t-il répondu tout bas.

Et comme je ne voyais pas ce qu'il avait de spécial, avec son rire niais et son accoutrement de croque-mort, j'ai rétorqué :

— Bof, c'est le genre de saoulard qui ne quitte le bar qu'à la fermeture, ça se voit.

Il a éclaté de rire.

— C'est vraiment ce que tu crois ?

— Oui, je dirais même qu'il fait partie de ces vieux Congolais qui sont venus en France à la fin des années soixante et qui ne peuvent plus rentrer au bercail parce que là-bas ils n'ont plus rien ! Ils ont abandonné femmes et enfants, parents et amis et...

— Attention à ce que tu dis, José ! Ne pousse pas le bouchon trop loin, tu risques de le regretter !

— Attends, Pedro, entre nous, tu es d'accord avec moi que c'est des types comme ça qui nous font honte dans ce pays ? Pourquoi il ne serait pas un bon papa chez lui, avec une ou plusieurs femmes et des enfants au lieu de fréquenter les bars à son âge, hein ? C'est un vrai chiffon !

— Ce type, c'est la pointure au-dessus.

— Ce déchet ? Si lui c'est une pointure alors toi tu es qui ? Et Le Vieux, il est qui ? Qui c'est, cet ivrogne ? D'ailleurs, qui le connaît, hein ?

— Celui que tu qualifies de déchet, nous on l'appelle Shaft…

Pedro m'apprit alors que ce Shaft était un proche du Vieux, que les deux avaient presque le même âge et qu'on les appelait avec déférence « *Ba koko ya* Paris », autrement dit les « Grands-pères de Paris ». Il y avait les petits frères, les grands frères, les pères et, au sommet de cette pyramide de révérence, les grands-pères. Il n'y en avait que deux à Paris : Le Vieux et Shaft. Shaft était un des meilleurs faussaires de la communauté. Il fabriquait en particulier les nouvelles cartes d'identité. Dès que la France inventait des titres en principe infalsifiables, il n'avait besoin que d'une journée pour trouver la faille et le moyen de falsifier. Il avait appris le métier au Vieux et ainsi, indirectement, Pedro avait bénéficié de cet enseignement.

— Oui, continua Pedro, Shaft c'est le vrai spécialiste, et à force de fabriquer de fausses identités pour les autres il a fini par oublier qui il était lui-même. On l'appelait autrefois Le Caméléon, mais un jour il a vu le film *Shaft*, il a décidé de porter le même manteau que cet acteur afro-américain qui jouait dedans. Bien avant son surnom de Caméléon, il se prenait carrément pour Jean-Paul Belmondo dans *Peur sur la ville*. C'est te dire que lorsqu'il se prendra pour Rambo on sera foutus, à Château Rouge ! Il aura un couteau et s'imaginera que Paris est une jungle.

J'ai regardé une fois de plus le personnage, qui rigolait, quand Pedro m'a dit :

— Écoute, va lui filer ça…

Il me tendait un billet de cent euros.

— Pourquoi on doit lui donner tout cet argent ? On en a besoin, nous !

— José, dans le milieu il faut être généreux. Si la personne qui reçoit ne sait pas pourquoi, elle s'en souviendra le jour où tu seras dans la galère. Donne sans attendre de recevoir, ça finit par payer…

J'ai pris les cent euros et me suis dirigé vers Shaft. J'étais debout devant lui. Il est sorti de son dialogue avec les fantômes et m'a fait signe de m'asseoir pendant que je lui remettais le billet tout frais qu'il a aussitôt empoché.

— Merci…

Puis, me considérant, il a ajouté :

— Merci. Tu peux t'asseoir un moment, José Montfort…

J'ai failli rater le tabouret sous l'effet de la surprise.

— Je ne me suis pas encore présenté et vous connaissez déjà mon nom ?

Le regard vers le plafond, il a souri à ses fantômes avant de soulever son verre. Après avoir mouillé sa lèvre supérieure avec de la mousse il s'est exclamé :

— Vous dites « mon nom », écoutez-moi, ce gamin ! C'est fou, ça ! C'est votre nom, vraiment ? Regardez-moi donc dans les yeux et dites-moi que José Montfort c'est votre nom !

Sa voix était à la limite de l'intimidation. Étais-je en face d'un fou ou de quelqu'un qui se cachait derrière un masque ? J'ai baissé la tête en signe de soumission et cela m'a coûté cher car il m'a aussitôt tutoyé :

— Tu baisses la tête ! C'est incroyable, ça ! Tu vois, José, c'est cette fragilité que je n'aime pas chez tous les petits jeunes d'aujourd'hui qui traînent à Château Rouge. Et toi, tu n'as pas de couilles…

Je ne prononçais toujours pas un seul mot, il a repris :

— Les petits jeunes d'aujourd'hui, dès qu'ils sont coincés, les voilà qui reculent ! Bien sûr que Shaft connaît le nom de José Montfort ! Bien sûr que Shaft sait tout ce qui se passe dans le milieu ! Bien sûr que Shaft n'est pas le dernier des cons de cette communauté ! Répète-moi ce que Shaft vient de dire !

Je ne m'attendais pas à une telle sommation. Je suis resté muet, mais Shaft a continué :

— Répète ce que Shaft vient de dire !

Le dos au mur, j'ai murmuré, la voix tremblotante :

— Shaft connaît le nom de José Montfort. Shaft sait tout ce qui se passe dans le milieu. Shaft n'est pas le dernier des cons de cette communauté.

— Voilà, maintenant que tu as reconnu la puissance de Shaft, Shaft est désormais ton ami. Tu lui dois respect et obéissance…

Il a chassé quelques mouches qui tournoyaient au-dessus de sa tête et, posant son regard fixe sur moi, il a demandé :

— Dis-moi, d'après toi, qui l'a trouvé ce joli nom que tu portes maintenant, hein ? Qui a fabriqué les papiers qui t'ont fait entrer dans ce pays, hein ?

La gorge toujours serrée devant ce regard insistant, je suis resté sans voix, le menton contre la poitrine. Shaft a tapé du poing sur la table, suscitant l'intérêt des compatriotes des tables voisines.

— Réponds donc ! Qui a fabriqué ça, hein ?

Désespéré, pris dans le piège de cet homme qui ne cessait de m'effrayer à chaque question, je me suis retourné et j'ai croisé le regard de Pedro qui a hoché la tête en signe d'approbation. Shaft était donc celui qui avait tout fabriqué. Moi qui le prenais pour un déchet non recyclable !

Je l'ai regardé de plus près : les joues creuses, les yeux à fleur de tête, le crâne bien rasé, une petite barbe grise. Le col de sa chemise blanche était encrassé et le manteau en cuir décati.

— Merci vraiment pour les cent euros, a-t-il murmuré.

Ces dernières paroles m'ont rassuré, l'homme venait enfin de se calmer. Comme je ne savais plus quoi lui dire – peut-être craignais-je qu'il ne hausse de nouveau le ton, tape du poing sur la table et me pose des questions embarrassantes –, je l'ai salué et ai rejoint Pedro.

Il y avait de plus en plus de monde et de bruit dans le restaurant. On ne s'entendait plus du tout. Moi je guettais Shaft et je me sentais ridicule d'avoir tenu des propos exagérés à son égard. Chaque fois qu'il parlait aux fantômes j'essayais de deviner ce qu'il leur racontait ou ce que ceux-ci lui disaient. Les compatriotes le laissaient délirer, personne n'osait venir l'interrompre. C'était son coin, c'était sa table. Pedro me précisa que si Shaft entrait Chez Pauline Nzongo et qu'un client s'asseyait dans son périmètre, l'envahisseur décampait platement, chassé du regard par la patronne Mama Pauline Nzongo depuis le comptoir et par toute la clientèle.

Je ne faisais plus que suivre les mouvements de cet homme. Je n'écoutais plus Pedro qui me disait comment écouler les titres de transport. Shaft s'est levé, dominant de plusieurs têtes les clients. Beaucoup s'écartaient en signe de respect pour le laisser passer, d'autres touchaient son manteau comme pour recevoir sa bénédiction. Et pendant que Shaft se frayait un passage, on glissait des billets de cent euros dans les poches de son cuir. Il se déplaçait en murmurant à gauche et à droite :

— Merci… Merci… Merci…

Il s'est arrêté devant notre table. Pedro et lui se sont frotté le front, une façon de se saluer dans notre milieu.

J'ai entendu Shaft murmurer à l'oreille de Pedro :

— Ce petit nouveau-là est fragile, très fragile.

— Je le sais, Shaft…

— Mais attention, mon gars, je l'aime bien. Si un jour tu n'en veux plus, confie-le-moi.

Il est sorti de Chez Pauline Nzongo sans se retourner tandis que les compatriotes s'approchaient déjà de nous pour acheter leurs titres de transport. Pedro encaissait l'argent d'un mouvement rapide et se tournait vers moi :

— Regarde bien, c'est comme ça que tu feras. Tout le monde t'a vu avec moi, tu es intronisé maintenant. J'ai donné des consignes, les gens viendront vers toi, même quand je ne serai pas là. Ne pose jamais de questions, prends l'argent, compte-le et donne les carnets de tickets.

J'ai exercé cette activité pendant des mois, jusqu'à ce que la crise s'abatte dans notre milieu. J'avais enfin remboursé les premiers carnets que Pedro m'avait remis la toute première fois. Chaque jour j'avais un peu d'argent, car même lorsqu'on ne vendait pas de tickets mensuels, il y avait d'autres titres de transport, en particulier les billets de train pour la province. Pour ces derniers nous n'avions pas à attendre la fin du mois. Je n'étais pas riche comme Crésus, mais j'avais commencé à acheter des chaussures Weston, des chemises Yves Saint Laurent rue du Faubourg-Saint-Honoré. J'étais moi aussi un Sapeur à la page. J'étais un Parisien. Un vrai.

Bienvenue à Montparnasse

Ce vendredi 13 où j'avais laissé derrière moi les membres de la tribu du Paradis, Pedro ne quittait pas mes pensées. Était-il quelque part à me regarder m'enfuir ? Du coup, chaque Africain que je croisais semblait avoir ses traits et, par réflexe, je tournais mon regard vers l'autre trottoir, comme si je ne souhaitais plus être en face de celui qui m'avait fait venir dans ce pays.

Je marchais, marchais toujours sans me rendre compte que j'avais longé une bonne partie de la rue du Faubourg-Poissonnière avec mon sac de voyage et étais enfin arrivé devant la station Poissonnière. Je ne savais pas encore où je me rendais. Je m'étais tout simplement dit que j'allais prendre le métro. J'étais désormais un fugitif de la trempe de ceux qu'on voit dans les films. À partir de cet instant je devais réfléchir à tous mes gestes, éviter les attitudes compromettantes. Par exemple, ne pas oublier de prendre mon ticket au guichet, le composter comme un usager ordinaire et ne plus me livrer à des fraudes systématiques. Pourquoi se faire épingler pour une imprudence aussi grossière ? Je crois d'ailleurs que c'était la première fois que j'achetais un titre de transport alors que j'en vendais moi-même dans la communauté. Mais ne dit-on pas que les cordonniers sont les plus mal chaussés de la terre ?

Devant la station Poissonnière, j'ai posé mon sac sur un banc public et l'ai ouvert. J'ai pris de l'argent afin d'acheter un ticket. Pendant que je fouillais et retournais mes habits pour retrouver ma veste vert électrique dans laquelle j'avais caché la liasse de billets que m'avait remise Pedro, je revivais une mission qu'il m'avait autrefois confiée et dont j'avais gardé un goût aigre. Je n'arrive toujours pas à digérer cet épisode, alors qu'à cette époque la vie en France me semblait de plus en plus facile. Les portes de la communauté s'ouvrant les unes après les autres, j'envisageais déjà la possibilité d'une première descente au pays afin d'exhiber ma réussite comme le faisaient les autres compatriotes.

En ce temps-là je dormais pratiquement toute la journée et ne travaillais que les fins de mois, lorsque les gens avaient besoin de tickets pour le mois à venir. En une semaine je pouvais empocher deux à trois mille euros, en espèces bien entendu. J'envoyais cinq cents euros à ma mère et cent cinquante à ma sœur. Je me rendais dans une agence Western Union de notre quartier où je m'alignais derrière d'autres immigrés qui, eux aussi, transféraient de l'argent dans leur pays. Quand je voyais un type très crasseux sortir une somme colossale, je me demandais comment il avait fait pour gagner un tel magot.

Et puis un jour Pedro m'a demandé de lui rendre un service. Je devais récupérer un paquet à l'hôtel Mercure de Montparnasse. Un type m'attendrait à l'accueil. Je le reconnaîtrais facilement car il serait habillé d'un costume bleu ciel avec une cravate aux couleurs du drapeau français.

— Ne lui pose pas de question, tu prends le paquet, tu ne lui dis surtout pas où tu habites, avait-il insisté.

— Qu'est-ce qu'il y a dans ce paquet ? m'étais-je inquiété devant son air solennel.

D'un ton calme il avait répliqué :

— Écoute, José, c'est le genre de question que je n'aime pas. Jusqu'aujourd'hui tu n'as jamais été suffisamment testé pour que je te fasse totalement confiance. Je te prépare à être un jour mon successeur. Cette mission, c'est donc un test pour toi, je veux voir comment tu te débrouilles.

J'ai pris un plan de métro que j'ai enfoui dans la poche intérieure de ma veste, tout en me demandant ce que pouvait bien contenir ce mystérieux paquet.

À la station Cadet, la guichetière plongée dans la lecture d'un roman ne m'a pas vu sauter par-dessus le tourniquet. Sur le quai, j'ai sorti mon plan pour vérifier une dernière fois mon trajet : je devais d'abord emprunter la ligne 7, puis changer à Châtelet et prendre la ligne 4 jusqu'à Montparnasse Bienvenüe. C'est à cette station que les choses se sont gâtées.

Je connaissais mal ce secteur que j'évitais d'habitude, car on rapportait beaucoup d'histoires de compatriotes qui avaient été arrêtés là et expulsés du jour au lendemain au pays, sans qu'ils aient eu le temps de faire leur bagage.

J'ai d'abord eu l'impression que tout le monde descendait de la rame en même temps que moi. Me voilà ensuite à marcher à l'aveuglette dans un interminable couloir. Je ne savais pas quelle sortie prendre pour rejoindre l'hôtel Mercure, Pedro ne m'ayant pas fourni d'informations précises. Les nombreux panneaux signalétiques brouillaient encore plus mon esprit ; il y avait des sorties partout, sans compter les passages interdits. Le réflexe de mouton de Panurge m'a conduit à suivre la plupart des autres usagers comme si nous allions au même endroit pour récupérer ensemble le paquet de Pedro.

J'ai soudain aperçu, à quelques mètres devant moi, des agents de la RATP qui contrôlaient tous les voyageurs. Mon sang n'a fait qu'un tour au moment où je me suis rappelé que sur les conseils de Pedro je n'avais pas pris de billet.

J'ai aussitôt fait volte-face et commencé à courir. Mais c'était trop tard ; on était à mes trousses.

Non, il ne fallait surtout pas qu'on m'attrape. Il ne fallait surtout pas que je me fasse coincer comme un rat. À un moment donné, j'ai bien cru que j'étais dans mon lit, au chaud sous ma couverture et plongé dans un sommeil profond. J'avais le sentiment qu'il pleuvait et j'étais bercé par le bruit de la pluie sur les tôles. Oui, je devais sans doute rêver. Une course de ce genre ne se vit qu'en songe. On se réveille alors au cœur de la nuit, des chiens aboient dans les parages, et on est soulagé de réaliser que tout cela n'était qu'un rêve. On se lève, on va dans la cuisine boire un verre d'eau fraîche, et on retourne au lit pour un autre rêve moins palpitant, moins athlétique.

Mais je ne rêvais pas. Je courais pour de bon, avec la conviction que ma vie dépendait de la rapidité de mes foulées. Et c'étaient bien mes jambes qui se dépliaient, qui cherchaient à avaler le plus d'espace possible afin de semer mes poursuivants. Oui, je courais réellement et, à ce train, mes muscles allaient craquer. Dans ce genre de course, même une chemise devient un poids. Et les chaussures Weston que je portais ? Non, je n'allais quand même pas ôter mes chaussures et courir pieds nus comme certains athlètes kenyans qu'on voit à la télévision !

J'ai à peine eu le temps de constater que j'étais poursuivi par trois contrôleurs, deux Blancs et un Noir. Il était clair pour eux que je n'avais pas de ticket. Ou que j'avais autre chose à cacher. Comment laisser filer un individu qui se paye la tête d'honorables agents devant les autres usagers ?

Je courais la bouche ouverte. Je bousculais les voyageurs qui, ulcérés, me lançaient des noms d'oiseaux. Je n'avais qu'une idée : trouver n'importe quelle sortie et me fondre dehors dans la foule. Je ne voyais plus que des sens interdits, alors j'ai emprunté le premier en face de moi, j'ai gravi l'escalier, mais j'ai débouché sur le quai d'une ligne qui allait je ne sais où. Les portes de la rame se sont refermées sous mon nez. Il fallait reprendre la course, gagner le bout du quai où j'aperçus enfin une sortie.

Les trois agents de la RATP étaient toujours à mes trousses. Je suis arrivé au bout du quai pour constater à mon grand désespoir que ce n'était pas une sortie, mais le début d'un nouveau long couloir. Sans prendre le temps de la réflexion, je me suis lancé, les dents serrées. J'entendais la voix d'un des agents qui hurlait :

Laisse tomber ce fils de bâtard, Jocelyn ! Laisse tomber, on ne va pas se fatiguer pour ça.

Les deux autres avaient capitulé, un seul s'acharnait à me poursuivre. Il était noir. Noir comme moi, et il faisait de cette histoire une affaire personnelle.

Il s'égosillait :

— Attrapez-le ! Attrapez-le ! Attrapez-le !

Les usagers me laissaient filer. Tout au plus, cela les amusait de voir deux personnes de couleur qui prenaient ce couloir pour un stade olympique…

J'ai encore regardé derrière moi : le Noir avait enfin disparu. Soulagé, je pouvais ralentir ma course, respirer un peu. Je marchais maintenant, mais à grands pas tout de même. Il me fallait à présent dégoter une vraie sortie.

Ma chaussure gauche allait me lâcher ; le lacet s'était desserré. Je me suis accroupi pour mieux l'attacher. Lorsque je me suis relevé, mon cœur a failli tomber dans mon estomac : le Noir était là-bas, dans le couloir. Comment avait-il fait ? Tout à l'heure il était derrière moi ! Par où était-il passé pour se retrouver là, en face de moi ?

J'ai repris aussitôt mon marathon, revenant sur mes pas. Comme je craignais de retomber sur les deux Blancs qui avaient capitulé quelques minutes plus tôt, j'ai emprunté le premier sens interdit que j'ai vu à ma droite. Encore un couloir ! Un long couloir ! Plus je courais, plus le couloir se rétrécissait et s'assombrissait. Les pas du Noir résonnaient derrière moi comme dans un film d'horreur.

J'ai aperçu une faible lumière. Sans doute la sortie. Je voulais atteindre cette lumière, la lueur de la liberté, la fin d'une nuit tombée en plein jour. J'ignorais que je venais d'être pris dans un piège : c'était bien une sortie, mais elle était fermée pour travaux.

Le Noir a ricané derrière moi.

— Fils de bâtard, tu croyais connaître cette station mieux que moi, hein ?

Je me suis arrêté et ne me suis même pas retourné. J'en avais marre.

Le Noir s'est jeté sur moi tel un prédateur hargneux bondissant sur sa proie après des tentatives infructueuses. Derrière nous les deux Blancs arrivaient, le pas lourd comme les éléphants.

— Tes papiers ! hurla le Noir en me relevant de toutes ses forces par le col.

Comme je ne bronchais pas, il a fouillé dans l'intérieur de ma veste et a déniché mon portefeuille.

— José Montfort ! Tu es né à Fort-de-France, en Martinique, comme moi ! T'as pas vraiment la tête d'un Antillais, toi ! Est-ce que tu sais que c'est des Noirs comme toi qui salissent la race dans ce pays ? Pourquoi tu fraudes dans les transports ? Il faut laisser ça aux Africains, merde ! Dans quel monde nous sommes si les Martiniquais commencent à frauder dans le métro comme les Africains, hein ?

Un de ses collègues, qui venait de trouver cent euros dans la poche de mon pantalon, suggéra que je paie l'amende et qu'on en reste là.

— Non, non, non ! Je les connais, mes compatriotes ! Certains sont comme les Africains qui ne marchent que par la chicotte, les amendes ils s'en tamponnent. On va l'embarquer au commissariat de police.

Le Martiniquais n'arrêtait pas de maudire les Africains de Paris. Eux qui avaient tout foutu en l'air dans cette ville jadis paisible. Eux qu'on devrait renvoyer le plus vite possible dans leur brousse, au cœur des ténèbres. Je reconnaissais son accent antillais, le même que celui de Jacques, un Martiniquais qui travaillait à la sécurité du KFC de Château Rouge. Jacques était toujours horripilé lorsque Pedro lui rappelait que nous avions les mêmes racines, que les Antillais étaient aussi des descendants d'Afrique. Le Martiniquais s'emportait alors, nous refusant l'accès au KFC. Mais il revenait voir Pedro à la fin du mois car il avait, lui aussi, besoin de titres de transport du marché noir de Château Rouge. Il savait que les autres Congolais ne lui en vendraient pas car ils étaient persuadés que la police utilisait les Antillais noirs pour infiltrer les Africains de Château Rouge. C'était plus discret qu'un Blanc qui se retrouverait au milieu des Noirs.

J'ai été conduit pour la première fois de ma vie au poste de police. J'étais assis sur un tabouret qui grinçait et je regardais le policier frapper sur les touches de sa machine à écrire pour recueillir la déposition très pimentée du contrôleur qui s'égosillait :

— Ce type est martiniquais, mais il a un comportement d'Africain ! Les Africains foutent la merde ici et on nous confond avec eux parce que nous sommes tous des Noirs ! Et voilà que ce José Montfort profite de la situation pour salir mes compatriotes ! Est-ce que c'est normal, ça, hein ? Non, ça doit cesser, cette mascarade ! Un Martiniquais est un Martiniquais, et un Africain est un Africain ! Est-ce que vous me comprenez, monsieur l'agent ?

Le policier, qui peinait à cacher un sourire, était visiblement gêné, comme les deux Blancs qui regardaient le plafond.

Je suis sorti du poste de police après m'être acquitté de l'amende auprès du contrôleur, lui qui espérait sans doute une peine de mort, et si cela n'était pas possible, une prison à perpétuité. Ce qui aurait rendu une dignité à sa race.

J'ai marché pendant une demi-heure jusqu'à la rue de la Gaîté. En découvrant l'hôtel je m'en suis voulu : j'aurais pu éviter ces désagréments si j'étais descendu à la station Vavin, avant Montparnasse Bienvenüe. Mais l'heure n'était plus aux regrets. Je suis entré dans l'hôtel. À l'intérieur, personne à l'accueil. J'ai filé vers le bar où des clients discutaient, certains avec leurs sacs de voyage, d'autres tirés à quatre épingles. Je n'ai vu personne en costume bleu ciel et cravate aux couleurs du drapeau français. J'ai attendu une heure avant de m'en aller ; j'étais arrivé trop tard au rendez-vous à cause de ma mésaventure…

De retour à la maison j'avais peur de la réaction de Pedro puisque je n'avais pas son paquet. Je n'allais plus mériter sa confiance. Il travaillerait désormais avec Bonaventure. Je n'étais qu'un bon à rien. On m'avait demandé d'accomplir une simple mission, ma déveine m'avait conduit dans les bras des contrôleurs de la RATP.

Pedro était là, assis sur son matelas. Il fumait un joint et buvait une Heineken. Je ne savais pas par où commencer, j'ai tout simplement dit :

— J'ai eu des embrouilles et je n'ai pas pu récupérer le paquet, le type est parti et…

— Je le savais, m'a-t-il coupé sans le moindre signe de nervosité.

— Comment ça tu le savais ?

Il a souri :

— José, il n'y a jamais eu de paquet, et encore moins quelqu'un qui t'attendait au Mercure de Montparnasse. En revanche j'ai une bonne nouvelle à t'annoncer : tu viens de gagner ma confiance parce que tu as accepté de faire ce que je t'ai demandé, même si tu ne savais pas ce que tu allais récupérer. Un conseil : achète un billet quand tu as une mission, surtout dans une gare comme Montparnasse Bienvenüe. Quand tu travailles, souviens-toi : descends toujours une ou deux stations avant le lieu où tu te rends…

*

Non, ce vendredi 13, au métro Poissonnière, il n'était plus question de frauder. J'étais fier de l'expérience que j'avais vécue. J'ai donc acheté un ticket et, dès que j'ai eu atteint le quai, je n'ai attendu que deux ou trois minutes avant l'arrivée de la rame. Je n'ai pas voulu monter dans la voiture de tête, cela m'aurait rappelé la ligne 12 et la main de Pedro sur mon épaule.

Les Mélodies du Nelson

La voiture dans laquelle je m'étais installé était déserte. Ce qui était rare en soirée, surtout un vendredi. C'est lorsque j'ai senti une odeur pestilentielle à l'intérieur que j'ai tout compris. Quelqu'un avait dégueulé ; à chaque arrêt les usagers qui montaient redescendaient aussitôt en se bouchant le nez. Cela arrangeait bien sûr mes affaires. J'avais une voiture à moi tout seul, et dès que quelqu'un y pénétrait, j'étais certain qu'il se ruerait dehors à la station suivante.

Où aller à présent ? J'avais une idée précise : du côté de Montreuil pour trouver un petit hôtel afin d'y passer la nuit. Après je verrais. Pendant que j'étais assis, le sac sous mes pieds, j'ai consulté de nouveau le plan de métro. Il me fallait changer à Chaussée d'Antin-La Fayette, puis emprunter la ligne 9 en direction de Mairie de Montreuil jusqu'à Robespierre où se trouvait l'hôtel. Pourquoi un hôtel à Montreuil ? Parce que je connaissais près de la mairie un petit établissement très discret depuis l'époque où nous allions à la discothèque Le Nelson. C'est dans cette boîte de nuit prisée par la communauté afro-antillaise que Pedro achetait des bouteilles de whisky à trois cents euros. On avait autour de notre table les plus belles filles noires de Paris et même des Blanches qui soutenaient *mordicus* que les boîtes de nuit occidentales étaient ternes et sans ambiance. C'étaient des filles très jeunes, certaines à peine rescapées de la puberté et incapables de bien se maquiller. Des nymphettes que Pedro appelait « les Mélodies du Nelson », en référence à un album de Serge Gainsbourg qui était son idole. Évidemment, ces Mélodies du Nelson étaient toutes derrière Pedro, nous étions des personnages secondaires, dévoués et silencieux devant son succès auprès de la gent féminine. Pedro par-ci, Pedro par-là. Pedro, est-ce que tu peux me donner de l'argent pour les clopes ? Pedro, ma fille est malade, j'ai pas d'argent pour acheter les médicaments. Pedro, j'ai du mal à payer mon loyer. Pedro débordait de générosité. Et quand il n'en pouvait plus, il m'envoyait certaines filles :

— Écoute José, fonce, je ne peux pas être partout à la fois !

Or je n'aimais pas les perruques rouges, bleues ou vertes qu'en particulier les filles noires portaient. Elles ressemblaient à ces poupées gonflables qui disent tout le temps « oui ». Le genre de négresses qui estimaient que pour être belles il fallait ressembler aux Blanches, alors que les Blanches qui étaient à notre table se faisaient faire des tresses à Strasbourg-Saint-Denis pour ressembler aux Noires ! C'était le monde à l'envers. Avec les lumières du Nelson, les filles noires ressemblaient vraiment aux Blanches, surtout lorsqu'elles mettaient des perruques blondes et étaient maquillées comme des macchabées en route vers le cimetière. En revanche, et cela me retournait l'estomac, elles sentaient la naphtaline ou de ces poudres pour nourrissons. Mais je faisais plaisir à Pedro, j'invitais une de ces filles sur la piste de danse. Longues jambes, petites jupes qui laissaient entrevoir des strings fluorescents et rendaient fous les « ambianceurs » du Nelson. On dansait pubis contre pubis, joue contre joue, et ça finissait par une bonne partie de jambes en l'air dans un petit hôtel près du métro Robespierre, L'Amandier, vers où je me dirigeais, ce vendredi 13, avec mon sac noir de fugitif.

Le nom de cet hôtel me renvoyait à cette époque fiévreuse où nous nous réveillions avec la gueule de bois. Le whisky ayant coulé à flots, la musique ayant crevé nos tympans, nous dormions jusqu'à la fin de l'après-midi. Le Vieux nous préparait un bon bouillon de poissons et de légumes qui, selon lui, redonnait de l'énergie. On était tous là à passer en revue nos prouesses de la nuit. C'est Bonaventure qui se targuait d'avoir tiré successivement trois filles dans les toilettes, deux Noires et une Blanche si énorme qu'il n'était pas sûr de l'avoir pénétrée. Le Vieux le titillait :

— Ne nous raconte pas de bobards, Bonaventure ! Tu n'as pas pénétré cette Blanche, tu as frotté ta chose contre sa cellulite et tu as joui comme un cabri !

J'étais trop peureux pour imiter Bonaventure. Je ne pouvais pas non plus embarquer une fille à la maison, me disais-je alors. On était trop nombreux rue de Paradis. Une nuit nous sommes allés au Nelson, Pedro et moi, sans les autres membres de la tribu. Je me sentais plus à l'aise. Personne ne jugerait mon comportement. Je suis tombé sur une fille qui s'appelait Bijou et dont les lèvres ressemblaient à des ventouses géantes prêtes à tout aspirer au passage. C'est d'ailleurs sa bouche qui m'avait excité au point que j'avais deviné comment elle allait s'en servir et comment j'allais planer dans le ciel tel un cerf-volant. Bijou m'avait tellement chauffé sur la piste de danse que je me demande encore ce qui m'a retenu de la prendre au milieu de la foule électrisée par le soukouss congolais. Elle dansait comme un serpent dont on aurait sectionné la tête, puis elle s'accroupissait, m'attrapait par les reins, ouvrait à moitié ma fermeture Éclair et avalait mon sexe pendant que je fermais les yeux de plaisir. Je lui dis qu'il fallait qu'on s'en aille, que je connaissais un petit hôtel près du métro Robespierre. J'ai fait signe à Pedro qui, de toute façon, était occupé avec une métisse dont la coupe afro ressemblait au feuillage d'un baobab. Il a hoché la tête, ce qui voulait dire que je pouvais disposer. Bijou me suivait et avait du mal à marcher avec ses talons aiguilles. On est arrivés en taxi devant L'Amandier. Malheureusement il n'y avait pas une seule chambre libre ce samedi-là. On a fait le tour du quartier en longeant la rue de Paris jusqu'à la Porte de Montreuil. Les hôtels Ibis et Etap affichaient tous complet. Je ne cessais de répéter à la fille, de plus en plus agacée, que je ne pouvais pas l'emmener chez moi parce que nous vivions à sept dans un petit studio. Elle fut presque choquée, mais la réponse qu'elle me fit me choqua à mon tour :

— Où est le problème ? Les autres doivent bien dormir à cette heure-ci, non ? On s'en fout ! Si tu ne me prends pas ce soir tu peux tirer un trait sur moi ! Tu as deux minutes pour te décider, et si tu tournes encore en rond comme ça moi je retourne au Nelson pour trouver quelqu'un qui saura bien me sauter !

On a pris un autre taxi à la Porte de Montreuil, et on est arrivés à la rue de Paradis une demi-heure plus tard. On a acheté une bouteille de whisky et du Coca chez le Pakistanais d'en face qui, pour des raisons de concurrence, ne voulait pas laisser aux Arabes du coin le monopole d'ouvrir la nuit.

En montant l'escalier, Bijou avalait le whisky comme si c'était de l'eau, puis me passait la bouteille. On ingurgitait ensuite des rasades de Coca-Cola. Bijou était si bourrée que lorsqu'elle parlait je craignais qu'elle ne réveille le voisinage. J'eus du mal à introduire la clé dans la serrure. J'étais bien parti moi aussi. Bijou réussit à ouvrir la porte après plusieurs de mes tentatives infructueuses sans cesser ses menaces :

— Si t'arrives pas à ouvrir cette putain de porte tu vas me prendre sur le palier, je te jure ! Je peux plus tenir, j'ai le feu partout !

Dès que nous sommes entrés dans le studio, Bijou s'est jetée sur moi, nous sommes tombés par terre, on a bousculé Bonaventure qui n'a rien dit, mais j'ai aperçu le blanc de son œil gauche, ce qui signifiait qu'il nous épiait depuis qu'on était entrés dans la pièce.

Bijou a presque déchiré mon pantalon Francesco Smalto, et quand elle s'est appuyée sur mon pubis pour se mettre à genoux et attraper mon sexe j'ai eu aussitôt envie de pisser. Je me suis vite détaché d'elle et lui ai dit de m'attendre quelques secondes. J'ai foncé, à moitié nu, vers la porte et ai pris le couloir des toilettes. J'ai pissé au moins pendant deux bonnes minutes, et jamais je ne me suis senti aussi libéré dans ma vie.

De retour dans le studio j'ai entendu Bijou hurler de plaisir :

— Continue, chéri ! Continue, mon amour ! Ne t'arrête pas ! Défonce-moi, chéri ! Défonce-moi !

J'ai allumé la lumière. Il y avait quelqu'un sur elle. C'était Bonaventure. Bijou a vite ramassé ses affaires et s'est enfuie, tandis que Bonaventure et moi nous chamaillions sous les éclats de rire des autres colocataires, tous réveillés. Dans un coin j'ai vu les dreadlocks d'une fille qui dépassaient des couvertures. Désiré le musicien avait ramené une de ces Françaises folles de son art. Les deux étaient enlacés comme des sangsues. Désiré, d'un ton moqueur, a dit :

— Dans cette maison si tu as une nana, ne la lâche pas d'un cheveu. Moi depuis que je suis rentré, je suis resté collé à Sabine, n'est-ce pas ma chérie ?

Sabine a gloussé sous les couvertures et s'est agrippée à son homme qui l'embrassait bruyamment.

Depuis cet épisode, Bonaventure et moi on ne s'est plus parlés. Mais Pedro a remis les choses en place en nous expliquant que les Mélodies du Nelson étaient des filles sans moralité et qu'il aurait même fallu que tout le monde passe sur Bijou parce que, elle, c'était une nymphomane de première. Je m'étais calmé, certes, mais je n'ai plus jamais pris le risque de ramener une femme dans le studio. J'étais persuadé que Bonaventure avait rapporté cette histoire dans son fameux carnet où il notait ses différentes conquêtes depuis l'époque où il faisait visiter les appartements et baisait les veuves, les divorcées et les étudiantes sans le sou…

*

C'est dire que lorsque j'étais dans le métro pour me rendre à Montreuil, dans cette voiture déserte et pestilentielle, c'était surtout l'image de Bijou qui m'envahissait, même si elle et moi n'avions pas pu passer la nuit à L'Amandier et que les choses avaient mal tourné rue de Paradis.

Et voilà que le destin me ramenait à L'Amandier qui allait désormais être mon refuge. Qui songerait à venir me chercher dans ce trou ?

Kathy la dragueuse

À part ces Mélodies du Nelson que je ramenais souvent à L'Amandier, je ne suis pas sorti avec beaucoup de filles, et encore moins avec des Blanches. Oh, si, il y a eu cette fille, Kathy la dragueuse, une blonde qui avait un derrière comme les filles de chez nous, mais je sentais que Pedro ne l'aimait vraiment pas.

— Qu'est-ce que tu fous avec cette chienne ? Tout le monde l'a déjà sautée et toi tu vas ramasser cette poubelle ! Plus chaude qu'elle, je n'en connais pas. En plus c'est elle qui drague les hommes ! Et plusieurs le même jour ! Tu as déjà vu ça où dans ce monde ? Nous on l'appelle « Kathy la dragueuse », et elle aime ce sobriquet. Je veux surtout pas te voir avec elle…

J'avais croisé Kathy la dragueuse dans une des boutiques qui vendent des disques africains à Château Rouge. Elle cherchait de la musique de chez nous, et j'étais étonné de voir une Blanche connaître aussi bien les vieux titres de Franco que ceux de Koffi Olomidé ou du groupe Zaïko Langa Langa. J'étais derrière elle, et je l'écoutais demander précisément au vendeur sénégalais l'album *Ngobila* de Koffi. Le disquaire, embêté, ne voyait pas de quoi parlait la fille. Moi, derrièrc, j'ai montré du doigt le disque pourtant bien visible. Elle s'est tournée vers moi et m'a d'emblée tutoyé :

— Tu es congolais de Kinshasa ?

Je me suis senti un peu froissé et j'ai répondu d'un ton sec :

— Ah non, moi je suis du Congo-Brazza, le petit Congo, c'est-à-dire le vrai Congo !

— Ah ça y est ! Ça recommence avec vos querelles entre Congolais alors que vous parlez la même langue !

— C'est pas pareil. Y a deux Congo, un point c'est tout.

— Et pourquoi tu écoutes la musique de l'autre Congo alors que tu es du Congo-Brazza ? Vous êtes tellement un petit pays qu'il n'y a pas de musiciens chez vous ?

— Non, la musique n'a pas de frontières.

Le Sénégalais a éclaté de rire en tendant le disque de Koffi Olomidé à la fille. Décontenancée, elle a payé et est sortie du magasin. Je l'ai suivie comme son ombre le long de la rue Doudeauville. Elle est entrée dans un tabac qui faisait l'angle avec la rue Poulet. J'y suis entré aussi.

Elle s'est retournée, plus qu'agacée :

— Pourquoi tu me suis comme ça, hein ? C'est pour mon cul, c'est ça ?

Pris de court, je ne savais plus quoi dire, et elle a repris sa charge :

— Je vous connais, vous les Congolais de Brazza ! Chez vous tout se passe dans le cul de la nana, et dès qu'un derrière bouge devant vous, ça y est, vous perdez la tête ! À croire que pour vous tout commence par ce que vous avez entre les jambes !

— Non, c'est pas ce que tu crois, je voulais

seulement m'excuser pour tout à l'heure. On peut prendre un pot et…

— Prendre un pot ? Pour se dire quoi ?

— Pour discuter…

— Discuter de quoi ?

— De la musique congolaise, par exemple.

— La musique de quel Congo ?

— Les deux, si vous voulez…

Elle a enfin souri et a sorti un paquet de Marlboro rouge :

— Toi tu es un numéro ! Tu as réussi à me faire sourire alors que tout à l'heure y a un Sénégalais qui me fatiguait avec ses « chérie je t'aime, chérie je vais t'épouser tout de suite »… Allez, viens, suis-moi, on va prendre ce pot et je vais voir ce que tu as à me dire et qui ne sortira pas d'entre tes jambes !

Nous sommes entrés dans un bar camerounais en face de Chez Pauline Nzongo. Nous nous sommes assis dans un coin, elle a directement attaqué :

— C'est donc ce soir que tu veux me sauter, n'est-ce pas ? Nous sommes des adultes, pourquoi faire de la poésie quand on peut aller droit au but ? Tu es un beau garçon, à tes yeux je ne suis qu'une de ces blondes françaises chaudasses qui courent après les nègres. Alors pourquoi démentir ces beaux préjugés ?

Au moment où elle allait allumer une cigarette, un type aux muscles de piroguier lui a fait signe depuis le comptoir de ne pas fumer.

— Et puis merde ! Qu'est-ce qu'il a, ce musclé ? Allons chez moi, j'ai une bouteille et de la bonne herbe, a-t-elle râlé en rangeant sa cigarette dans le paquet.

J'étais comme hypnotisé par cette fille qui n'avait

pas froid aux yeux. Je détaillais ses longs cheveux blonds qui lui arrivaient à la naissance des reins. Grande et mince, elle s'est mise debout sous le regard gêné du musclé qui lui avait interdit de fumer. Avant de quitter le bar, elle lui a dit d'un air de défi :

— Je vais me faire tirer par un Congolais de Brazza, est-ce que ça aussi c'est interdit ?

Elle habitait dans un vieil immeuble à l'angle de la rue d'Oran et de la rue Léon. Nous avons emprunté un ascenseur qui ronronnait et sommes arrivés au troisième étage. Son studio était un vrai capharnaüm, avec des chaussures qui traînaient partout, du linge entassé dans un coin et de la vaisselle qui n'avait pas été lavée depuis des jours. Elle dormait sur un matelas posé par terre.

— Il y a du bordel partout, mais tu fais comme chez toi.

Elle s'est éclipsée dans un coin qui lui servait de toilettes. Moi je cherchais des yeux où m'installer avant de m'asseoir finalement sur le matelas.

Lorsqu'elle est revenue, elle est allée prendre une bouteille de rouge sur le frigidaire. Elle a rempli nos deux verres, a mis un disque de Koffi Olomidé et a commencé à rouler un joint qu'elle m'a tendu :

— C'est toujours au mec de commencer...

Je ne sais pas d'où venait cette herbe, mais j'ai tellement toussé que je croyais que j'allais vomir mon cœur.

— C'est de la bonne, vas-y mollo !

Nous nous sommes passé le joint à tour de rôle. Je sentais l'immeuble qui bougeait. Je voyais des étoiles qui clignotaient. J'entendais le rire de la fille qui paraissait maintenant plus pétée que moi. Comme dans un songe, j'ai vu un grand corps de femme blanche nue se rapprocher et me déshabiller avant de m'envelopper et de pousser un râle dont l'écho est allé mourir jusqu'au palier.

— Je m'excuse, a-t-elle fait, y a pas que les hommes qui sont des éjaculateurs précoces…

Elle ne s'arrêtait plus. Nous transpirions comme si nous avions monté à toute vitesse les étages d'un gratte-ciel par l'escalier. Je mettais ma main sur sa bouche pour l'empêcher de hurler, mais elle me mordait aussitôt. Puis, tout d'un coup, électrisé par une décharge qui semblait parcourir tout son corps et atteindre mon cerveau, j'ai hurlé à mon tour de plaisir, puis nous avons éclaté de rire…

Je voyais Kathy la dragueuse une ou deux fois par semaine. Je ne le disais pas à Pedro, mais il n'était pas dupe. Lorsque nous étions à Château Rouge, je prétextais que je ne rentrerais pas directement à la rue de Paradis, que je devais rencontrer un ami dans le bar camerounais.

Et puis un jour il m'a tendu un traquenard devant l'immeuble de cette fille alors que j'arrivais avec un pack de bière, une bouteille de whisky et de l'herbe que j'avais achetée au Forum des Halles. Quand je l'ai aperçu, j'ai voulu faire demi-tour.

— Tu n'iras pas chez elle ce soir ! Encore moins demain ni à l'avenir. J'ai le devoir de te protéger ! Allez, on rentre !

Comme je ne voulais pas lui obéir, il a dit :

— Tu crois que tu as trouvé une nana, hein ? C'est une fille à problèmes ! Demande-toi qui lui est passé dessus avant toi ! Tout le monde, même Bonaventure, même Didier, même Willy, même moi qui te parle ! Je connais son studio là-haut, un vrai bordel ! La fille te saoule, te donne de l'herbe, c'est qu'une nymphomane ! Tu as vu comment elle jouit alors qu'on vient à peine de la pénétrer ?

Même si j'avais gardé de bons souvenirs de mes parties de jambes en l'air avec Kathy la dragueuse, je devais obéir à Pedro. Je coupai les ponts avec elle. Mais j'allais la revoir plus tard, dans d'autres circonstances.

Montreuil-sur-Bamako

À L'Amandier je m'étais enregistré sous mon nom de naissance, Julien Makambo. Je ne craignais plus qu'il me porte malheur, et de toute façon je n'étais plus à un malheur près. Au moins, me disais-je, pour une fois ce nom allait me servir à quelque chose. J'avais d'ailleurs du mal à l'écrire, cela faisait bien longtemps que je ne m'en étais servi.

À l'accueil j'avais carrément renâclé, je ne voulais pas occuper la chambre numéro 13. Le réceptionniste, un Maghrébin rond et chauve, me dit que l'hôtel était complet, qu'il ne lui restait plus que cette chambre :

— C'est à prendre ou à laisser, je vous souhaite bonne chance ailleurs si vous ne la prenez pas.

J'ai hésité un moment avant de payer et de monter au premier étage.

La chambre était meublée d'un lit minuscule aux draps à la propreté douteuse, d'une vieille table avec un tabouret grinçant, d'une télé antédiluvienne accrochée au mur ; dans un coin, les toilettes. Une fenêtre donnait sur une étroite cour intérieure où étaient disposées les poubelles. Même si je connaissais un peu le lieu depuis cette époque où j'y emmenais quelques

Mélodies du Nelson, autant que je m'en souvenais je n'avais jamais dormi dans cette chambre que j'occupais maintenant comme fugitif. J'étais souvent logé au deuxième ou au troisième étage. Je ne me sentais donc pas à mon aise dans celle qu'on venait de m'attribuer, quelque chose me soufflait qu'elle était une voie de garage, dans un endroit où l'on pouvait facilement me coincer.

L'exiguïté du lieu me rappelait notre studio de la rue de Paradis, même si celui-ci était un peu plus grand. Mais puisque nous occupions le logement à sept, la chambre de Montreuil était pour moi un vrai palace.

J'ai déposé mon sac par terre au milieu de la pièce et me suis rué sur la télécommande posée sur la table. J'ai allumé la télé sur la première chaîne. Il devait être minuit car, après quelques publicités et le générique du journal, une fausse blonde sèche comme un roseau des marécages s'est affichée à l'écran pour dire bonsoir à toute la France et enchaîner d'une voix de chèvre épouvantée par un loup :

« Un crime crapuleux a été commis dans le 18e arrondissement, ce vendredi 13 en fin de journée, rue du Canada. La victime, une femme de vingt-six ans, a été projetée du cinquième étage d'un immeuble par deux individus de race noire qui ont aussitôt pris la fuite dans le métro. La victime est morte quelques minutes après l'arrivée des secours. Les mobiles de ce meurtre n'ont pas encore été élucidés, mais la police dispose d'une photographie prise à l'aide d'un téléphone portable par un habitant de l'immeuble et qui montre l'un des deux fugitifs habillé d'un costume vert. Ce crime ravive la question de l'immigration en France et semble diviser la classe politique... »

Ma photographie s'afficha pendant quelques secondes sur l'écran, mais elle était un peu floue. Il était impossible de me reconnaître. Une chose était certaine, je n'allais plus porter ce costume vert.

Sur-le-champ j'ai senti mon corps brûler. Je transpirais de partout. J'ai vite éteint la télé et me suis étalé sur le lit. Je réfléchissais à ce que j'allais faire le lendemain. Resterais-je dans cet hôtel ou chercherais-je à quitter Paris ? Où irais-je puisque je ne connaissais personne en France en dehors des gens de mon milieu ? Je me souvins alors du Vieux, lui qui avait fait de la prison à deux reprises et qui nous disait que la meilleure façon de passer inaperçu c'était de garder son calme, de se fondre dans la foule, et parfois même de ne pas quitter la ville parce que c'était le réflexe de la plupart des fugitifs. Il ajoutait que, si par malheur on croisait la police, il fallait foncer vers elle, feindre de demander des renseignements parce qu'au grand jamais elle ne s'imaginerait que quelqu'un qui était traqué viendrait vers elle. En somme, ce n'était pas la police qu'il fallait redouter, mais les gens ordinaires, en particulier ceux de son propre entourage.

Non, je n'allais pas quitter cet hôtel. J'allais y rester en attendant de trouver une vraie solution.

J'ai ouvert mon sac et j'ai sorti ce costume vert que la France entière devait maintenant connaître. J'ai récupéré la liasse de billets, j'ai compté l'argent. À peu près quinze mille euros. Une somme colossale, me suis-je dit. La méritais-je ? Là n'était plus la question. La vraie question était : et si je prenais l'avion pour le pays ? Non, on me coincerait à Roissy. La meilleure solution était, je me le suis répété, de changer d'accoutrement, de m'acheter des habits, mais des habits ordinaires.

*

Le lendemain de ma première nuit à L'Amandier, en début de matinée, je suis descendu à l'accueil pour payer d'avance un séjour d'une semaine. Le réceptionniste rond et chauve m'a regardé des pieds à la tête et m'a demandé :

— Vous voulez que je vous change de chambre si une autre se libère d'ici la soirée ?

J'ai dit non, à sa grande surprise.

— Elle est parfaite, je la garde.

— Hier vous ne vouliez pourtant pas de la 13 !

Sans lui répondre je suis sorti de l'hôtel et ai emprunté la rue de Paris en direction de la Porte de Montreuil pour aller chez Carrefour. À quelques mètres du supermarché, j'ai changé d'avis en apercevant les puces de Montreuil où grouillait un monde fou. Je me suis infiltré dans le marché. Je me sentais mieux, protégé par ces gens que je ne connaissais pas mais qui me servaient de bouclier.

J'ai acheté plusieurs pantalons, des chemises et même des chaussures qui feraient ricaner les membres de la tribu du Paradis. S'ils m'avaient vu, ils auraient conclu que je n'avais plus la touche, que je n'étais plus de leur monde. J'ai acheté des chapeaux pour finir de changer mon apparence. J'ai essayé toutes sortes de couvre-chefs et me suis dit que les gavroches m'allaient bien. Ce jour-là j'ai dépensé au moins trois cents euros. Ce qui était abordable, comparé aux prix pratiqués chez Connivences.

Je suis retourné dans ma chambre avec un gros sac en plastique que le type de l'accueil a considéré pendant un moment. Je me suis enfermé et ai regardé la télé jusqu'aux informations de treize heures. Le meurtre de la rue du Canada était encore à la une. Des gens de l'immeuble témoignaient. Il y avait des fleurs à l'endroit où était tombée la blonde. La grand-mère de cette dernière pleurait à grosses larmes et exhortait la police à mettre très vite la main sur les deux Africains.

— On les accepte dans ce pays, et voilà ce qui nous arrive ! Où est donc la justice, hein ? Et on s'étonne que les gens votent massivement pour l'extrême droite ces derniers temps !

Des policiers s'exprimaient aussi, et j'ai entendu pour la première fois mon faux nom, José Montfort, sortir de la bouche de l'un d'entre eux. Ils avaient désormais une image – floue, certes – et un nom, confirmait un autre, le visage serré, la moustache en accent circonflexe.

Ces images m'ont remué l'estomac, et je commençais à avoir faim. J'ai enfilé un jean, une chemise à carreaux, chaussé des baskets, choisi un chapeau noir.

J'ai croisé deux Africains devant la porte de L'Amandier. Je leur ai demandé où je pouvais manger de la nourriture africaine. L'un d'eux m'a répondu qu'il y avait un foyer de Maliens rue Bara et qu'on y mangeait très bien.

— C'est comme en Afrique, mon frère ! Ils te mettent la nourriture dans une grosse assiette que tu peux même pas finir ! a insisté l'autre.

J'ai traversé la rue de Paris et suivi la rue Robespierre qui croise la rue Bara où se trouve le foyer. Devant l'établissement j'ai failli rebrousser chemin à cause de l'affluence. Ici, la vie était intense et le temps n'avait aucune influence sur les gens. C'était un immeuble de quatre étages, du linge pendait aux fenêtres. Des voitures stationnaient en plein milieu de la rue avec des conducteurs hilares dont les échanges étaient ponctués de grands éclats de rire. On aurait dit une sorte de marché où certains grillaient du maïs à l'entrée du bâtiment pendant que d'autres jouaient aux dames.

Lorsque je suis entré dans le foyer, j'ai cru que ces Maliens avaient transporté jusqu'ici un de leurs quartiers de Bamako. La vaste cour intérieure était saturée d'objets entassés et rangés dans l'attente d'une expédition en Afrique : matelas, sommiers, pièces de rechange pour automobiles, meubles divers. On vendait à même le sol des bonbons, des shampoings, des cassettes de musique, des cigarettes à l'unité, de la noix de cola ou des bâtons de réglisse, pendant que des coiffeurs s'activaient et encaissaient cinq euros par coupe. Beaucoup de ces Maliens, pour la plupart des Soninkés, venaient de la région de Kayes, et s'appelaient tous Traoré.

Au moment où je me sentais perdu dans ce monde dont je ne comprenais ni la langue ni les mœurs, un jeune Malien, grand, mince, une boucle d'oreille à l'oreille gauche, est venu vers moi et s'est présenté :

— Je suis Yoro, est-ce que je peux t'aider ?

Libéré de mon égarement par cette rencontre, je lui ai dit mon vrai prénom et le nom de mon pays. Je l'ai suivi comme quelqu'un qui ne savait pas nager et se raccrochait désespérément à une bouée pour éviter de se noyer.

— C'est pas les Blancs qui se perdent à Bara, c'est surtout les Noirs ! a-t-il lâché avant d'éclater de rire alors que moi je ne trouvais rien de drôle dans ses propos.

Il s'est retourné :

— Comment tu as dit que tu t'appelais déjà ?

— Julien…

— Ah oui, Julien du Congo-Kinshasa !

— Non, du Congo-Brazzaville.

— Bof, c'est la même chose, il paraît qu'il n'y a qu'un fleuve qui sépare les deux pays !

— Non, c'est pas la même chose. La Belgique, c'est la Belgique, et la France c'est la France…

Très déçu, il a tonné :

— C'est fou comment le Blanc vous a vraiment eus pour vous diviser comme ça entre Congolais ! Bon, Julien du Congo-Brazzaville, tu prends l'assiette ici et tu fais la queue pour te faire servir par la très grosse maman que tu vois assise près des marmites là-bas. Tu peux manger comme tu veux, y a pas de Congolais de Kinshasa ici pour te couper l'appétit !

Il a encore éclaté de rire, moi je suis resté de marbre ; il a pris une assiette sur une pile qu'on venait juste de déposer près des marmites. J'ai fait comme lui, mais en scrutant de près mon assiette comme si je doutais de sa propreté, ce qui n'a pas plu à la femme qui venait de les déposer et qui a tiré une de ces tronches de méchantes de chez nous.

On nous a servi du couscous-mil sauce haricots et nous sommes allés nous installer dans un coin pour manger. Yoro m'a demandé si je travaillais dans les parages. J'ai dit que j'étais de passage à Montreuil pour une semaine et que je vivais à Nantes. Il semblait ne plus m'écouter et jouait avec son couscous-mil en le pétrissant avec ses longs doigts. Puis, soudain, comme réveillé, il s'est redressé :

— Attends, attends un peu, tu as dit Nantes ? C'est ça ?

— Oui, Nantes…

— Tu es donc de Nantes, alors ? Mon oncle vit là-bas, j'y vais chaque été ! Dans quel quartier tu habites ?

J'ai toussoté pour éviter de répondre.

— Ça va ? s'est-il inquiété.

— Oui ça va, j'ai avalé de travers.

— Bois une bonne gorgée, ça arrive.

J'ai bu et ai reposé le verre sur la table, content d'avoir évité sa question sur mon lieu exact de résidence.

— Dans quel quartier alors ? a-t-il relancé, opiniâtre.

Je ne connaissais rien de Nantes et je me demandais pourquoi cette ville m'était venue à l'esprit. Pourquoi pas Lyon, Marseille, Montpellier, et que sais-je encore ?

Comme je ne pouvais plus me défausser, Yoro s'étant interrompu de manger en attendant ma réponse, j'ai balbutié :

— À Nantes je vis au centre-ville.

— Tu veux dire place du Commerce ?

— Oui, c'est ça, place du Commerce…

— Mais où ça exactement ? Parce que, quand même, elle est vaste, la place du Commerce !

— Juste à côté du cinéma.

— Un cinéma… un cinéma… Tu as dit un cinéma ?

Il a observé un silence pendant lequel il semblait situer les choses en dessinant en l'air une carte imaginaire. Je voyais ses yeux rouler, son front se plisser. Puis, avant d'avaler une grosse bouchée, il a bondi de son siège :

— Mais oui ! Mais oui ! Ça y est ! Qu'est-ce que je suis bête, moi ! Je vois où il se trouve, ce cinéma ! C'est un Gaumont, c'est ça ? J'y allais souvent avec une copine, une Française.

— Oui, c'est là.

— Dis donc, c'est vers la Bourse, ça ! Tu habites chez les riches, on dirait !

Deux autres Maliens sont venus à notre table. Ils ont discuté avec Yoro dans leur langue. Ce dernier a sorti un billet de cent euros et a dit à l'un d'entre eux :

— Tu choisis bien les chevaux, ce coup-ci, la dernière fois j'ai perdu quatre-vingts euros ! Mets aussi un tocard, c'est lui qui peut gagner, on sait jamais.

Ses deux compatriotes sont repartis dans la cour intérieure. On les a vus par la suite sortir du foyer en courant.

— Ils vont au tabac de la rue de Paris parce que dans quinze minutes les paris seront fermés. J'espère que cette fois-ci je vais avoir une bonne surprise. Je me demande parfois si ce tiercé-là c'est pas un peu la magouille de l'État pour piquer dans les poches des pauvres gens comme nous ! En fait, c'est ça qui remplit les caisses de la France. Comment tu veux qu'on nous chasse de ce pays ? Qui va jouer au tiercé si nous les immigrés on n'est plus là, hein ?

J'avais du mal à finir mon plat.

— Mange, mon gars, le couscous-mil à la sauce et aux haricots est un plat que tu dois respecter ! Bon, remarque, tu peux aussi l'emmener chez toi. Tu habites où déjà ?

— Dans un hôtel du coin.

Il a encore arrêté de manger, puis m'a fixé avec insistance. Son visage s'est durci tout d'un coup :

— Tu me prends vraiment pour un con ! a-t-il rugi.

J'ai baissé les yeux.

— Tu vois, tu le reconnais, tu me prends pour un con : tu fuis mon regard. On ne badine pas avec Yoro !

Il a fait un signe de tête à un des Maliens qui mangeaient à la table d'en face. Très noir, les yeux rouges, habillé d'un tee-shirt blanc et d'un pantalon rouge trop court, des tongs aux pieds, le jeune homme est venu vers nous.

Yoro lui a demandé :

— Regarde bien ce type, de quel pays il est ?

Le nouveau venu m'a détaillé du regard et a rapproché son visage du mien, on aurait dit qu'il me reniflait comme un chien de chasse. Je sentais sa respiration et son odeur de graisse de voiture qui commençait à me remuer l'estomac.

— Il est du Congo, a-t-il fait avec un air de médecin sûr de son diagnostic.

— Quel Congo ? a insisté Yoro.

— Le Congo-Brazzaville.

Réjoui, Yoro a relancé :

— Et comment tu le sais ?

— Mon troisième œil… Il ne se trompe jamais, tu le sais, grand frère Yoro.

— Maintenant je te demande de le regarder encore avec ce troisième œil… Oui, regarde-le bien. Est-ce que tu penses qu'il vient de Nantes ?

Sans prendre le temps de me scruter comme avant, le Malien a déclaré :

— Non, il n'est pas de Nantes ! Il n'a jamais été de Nantes…

J'ai plongé mon regard dans mon assiette.

— Une autre question, grand frère Yoro ?

— Non, tu peux repartir, c'est à lui de parler maintenant… Je ne veux pas te payer plus et gaspiller mon argent.

Il a remis un billet de vingt euros au type qui a regagné sa table où les autres ne nous quittaient plus des yeux.

— Tu vois, Julien du Congo-Brazzaville… On ne me prend pas pour un con. Sidibé Traoré qui est venu tout à l'heure c'est pas n'importe qui, c'est un descendant des marabouts de chez nous. Il voit tout, même une aiguille dans la nuit la plus noire. Je viens de le payer pour cette consultation rapide…

Il a bu un grand verre d'eau avant de continuer :

— Si je file cent euros de plus à Sidibé Traoré je vais tout savoir de toi, ce que tu as fait depuis ta naissance jusqu'à ce jour. Mais je garde mon argent pour le tiercé de demain, c'est plus important que de fouiller dans les poubelles de ta vie. Ta vie, c'est de la merde, et ça se voit comme le nez au milieu de la figure. Je sais que t'es pas de Nantes, toi, et que t'as jamais été à Nantes parce que t'as pas une tête à habiter place du Commerce, c'est pas donné aux nègres.

Alors, de toi-même, avant que je m'énerve, dis-moi qui t'es et ce que tu fabriques dans mon quartier. Je te jure que si t'as des problèmes, nous on peut t'aider, nous les Maliens on est connus pour ça…

Je commençais à perdre mon calme. J'ai croisé le regard de Sidibé Traoré qui, vraisemblablement, n'attendait qu'un autre signe de Yoro pour revenir opérer une consultation rapide et encaisser cent euros.

— Qui es-tu ? Qu'est-ce que tu fais dans mon quartier ?

J'ai murmuré, l'émotion dans la voix :

— Je ne sais pas. Vraiment je ne sais plus.

Yoro a reculé sa chaise pour mettre de la distance entre lui et moi comme si j'étais un pestiféré. Il n'avait plus le visage du jeune homme affable qui m'avait accueilli dans ce lieu une vingtaine de minutes plus tôt.

Bon, tu l'auras voulu !

Au moment où je croyais qu'il allait rappeler Sidibé Traoré à notre table, il s'est levé, a pris son assiette et, avant de s'éloigner, m'a lancé :

— Écoute, le Nantais, c'était un plaisir de manger avec toi, mais quelque chose me dit que t'as un problème, un problème grave, et moi je ne veux pas le savoir. Je retiens qu'on ne s'est jamais vus, qu'on n'a jamais mangé ensemble, est-ce que c'est clair ? Et si on te revoit ici, je paierai même dix mille euros pour que Sidibé Traoré nous dise qui t'es et ce que tu trafiques dans mon quartier. En plus, comme j'aurai perdu ma thune pour rien, tu ne repartiras pas avec un visage normal. T'as vu les gens à la table d'en face ? Eh bien, y en a d'autres comme eux qui sont dehors et qui voudront savoir qui tu es. Un petit signe de ma part et ils te règlent ton compte !

J'ai quitté le foyer Bara avec l'idée que je n'y reviendrais plus. Avais-je d'ailleurs le choix après les menaces de Yoro ?

Je suis allé au tabac Le Calumet, rue de Paris, acheter *France Soir*.

Sur le chemin du retour je me suis arrêté devant la vitrine de la boutique Osmose, à deux portes du Calumet. J'étais intrigué de voir ces chaussures à prix réduits qui ressemblaient aux Weston que nous achetions avenue de l'Opéra, rue de Rennes ou sur les Champs-Élysées. Quelques Africains, à l'intérieur, les essayaient. J'ai souri pour la première fois depuis ma fuite de la rue du Canada. Ces frères de couleur croyaient-ils nous égaler, nous autres Sapeurs, en achetant des imitations Weston ?

J'ai poursuivi ma route, le journal sous le bras.

À l'accueil de L'Amandier le Maghrébin rond et chauve avait été remplacé par une jeune fille rousse au visage mitraillé de taches de rousseur. Elle était plongée dans la lecture du même *France Soir* que je venais d'acheter. Concentrée, elle ne m'a pas vu m'engager dans l'escalier.

Dans ma chambre j'ai commencé à feuilleter le journal. Ma photo floue était à la une avec mon faux nom en légende. En page deux il y avait la photo de la victime. Une très belle photo. Oui, je la connaissais, il n'y avait plus aucun doute. On la voyait, souriante, pleine de vie. À force de la regarder j'ai été pris de frayeur : ce n'était plus l'image publiée dans ce journal que moi je voyais, mais le corps d'une femme en chute libre depuis le cinquième étage. J'ai baissé les yeux, comme pour vérifier que mes chaussures n'étaient pas toujours tachées de sang. Mes baskets étaient toutes blanches. J'ai alors refermé le journal, les paupières lourdes de sommeil.

Je me suis endormi, le journal entre les mains…

*

Dans mon sommeil ce n'était pas Yoro qui m'avait hanté, mais Pedro. Était-ce vraiment un songe ? C'était maintenant un autre épisode de ma vie en France qui se déroulait devant moi, comme si je le regardais dans ce petit écran resté allumé. Je rêvais de cette nuit où je m'étais retrouvé avec Pedro dans le 13e arrondissement. Sans doute parce que c'était au cours de cette nuit-là que j'avais su que j'étais devenu son bras droit. On ne devient pas le bras droit d'un homme comme Pedro sans susciter la jalousie de certains, en particulier de Bonaventure qui, pour se consoler et me pousser à la désillusion, se disait être son bras gauche. Il était persuadé en effet qu'il était le plus avantagé et me provoquait :

— Je suis son bras gauche ! Et tu sais pourquoi ? Pedro il est gaucher ! Alors, je suis plus important que toi puisque je suis le bras qu'il utilise le plus souvent ! Et puis, n'oublie jamais : je suis venu en France avant toi ! C'est pas parce que vous avez secoué ce pauvre Mesmin dans le 13e qu'il faut te croire plus galonné que moi !

Mesmin ? C'était pendant la période de vaches maigres que nous traversions tous dans le milieu à cause du ralentissement des activités ; chaque centime comptait alors. Nous devions donc aller récupérer de l'argent chez Mesmin, un type très maigre avec un profil aussi plat qu'une sole. Je savais comment on procédait pour se faire rembourser. Depuis trois mois Pedro courait après ce Mesmin dont j'entendais le nom tous les soirs rue de Paradis mais que je n'avais pas encore rencontré. Il m'avait dit que le gars ne voulait pas payer, qu'il avait disparu de la circulation, qu'on ne le voyait même plus à Château Rouge alors qu'il vendait quotidiennement des costumes et des parfums dans les différents bars de la rue de Suez.

— Ce fils de pute me prend pour un idiot ! J'ai tout fait pour lui, il a eu des papiers et un appartement dans le 13ᵉ, et voilà comment il me remercie ! Il ne sait pas que j'ai dû payer Shaft pour tout ça. La seule façon de le coincer c'est de se pointer chez lui à quatre ou cinq heures du matin. José, tu viendras avec moi demain. Si on récupère la thune, tu auras bien entendu ta part. C'est quand même cinq mille euros qu'il me doit !

Bonaventure était fou de rage :

— Et moi je ne viens pas avec vous ?

Pedro l'avait regardé en biais :

— Tu n'as pas assez mangé comme ça à mes côtés ? C'est quoi cet égoïsme ? Laisse José manger, cette fois-ci !

C'était un dimanche. Vers trois heures et demie du matin Pedro et moi sommes sortis pendant que le reste de la tribu ronflait sur les matelas. Nous avons pris un taxi qui nous a déposés devant la station Porte d'Ivry. L'endroit était désert, la circulation du boulevard Masséna était espacée ; lorsqu'une voiture s'éloignait, un silence inquiétant envahissait les lieux. Je ne savais pas où nous allions, Pedro ayant l'habitude de ne rien m'expliquer lorsqu'on était en « mission », comme il disait. Il m'avait tout juste informé qu'on allait tendre un piège à ce plaisantin de Mesmin qui se croyait plus fort que lui.

Alors que je m'attendais à ce que nous entrions dans le grand bâtiment chinois qui m'impressionnait, en face de nous, on lui a tourné le dos et on s'est orientés vers le périphérique. On a fait quelques pas avant d'arriver devant l'entrée d'un immeuble HLM de la rue Dupuy-de-Lôme.

— C'est là qu'il vit, cet imbécile, a-t-il murmuré, c'est grâce à moi qu'il a eu cet appart ! Alors, c'est un peu comme si je rentrais chez moi, et c'est ce qu'on va faire !

D'un geste de propriétaire, il a composé avec décontraction le code d'entrée. Il a repris l'opération au moins cinq fois avant de s'énerver et de sortir de sa poche un petit carnet qu'il a compulsé en éclairant les pages à l'aide de son téléphone portable.

— Je ne me suis pas trompé ! C'est pourtant ce code que j'ai composé !

Il a repris l'opération, le nez presque collé au digicode, sans succès ; il a failli donner un coup de poing contre l'appareil mais s'est retenu à temps, conscient qu'il aurait réveillé les locataires :

— Ces cons des HLM ont changé le code ! On va escalader la grille, baisse-toi.

Il a enlevé ses chaussures et les a balancées dans la cour. Au moment où j'allais imiter son geste, il m'a retenu par la main :

— Non, toi tu les gardes, je t'ouvrirai une fois

que je serai à l'intérieur. J'ai enlevé mes chaussures pour que tu n'aies pas mal aux épaules quand je vais grimper sur toi.

Je me suis accroupi et ai pris appui contre les barres de fer de cette porte d'entrée qui nous jouait des tours. Pedro est monté sur mes épaules en m'attrapant par la tête. J'ai cru qu'il allait me casser le cou. Il pesait tellement que je n'ai réussi à me tenir debout qu'en serrant les dents.

— Je sais que je pèse, mais tiens-toi droit, et arrête de trembler, tu vas me faire tomber !

Il a pu enfin passer une jambe par-dessus la grille, puis l'autre, et est retombé dans la cour avec la souplesse d'un félin. Il a vite remis ses chaussures et a appuyé sur un bouton qui a ouvert la porte.

— L'appart de Mesmin est au bâtiment B, en face. Ne fais pas de bruit en marchant.

Un deuxième code d'entrée fermait l'accès du bâtiment.

Pedro a refouillé dans son carnet :

— J'espère qu'ils n'ont pas tout changé !

Il a composé le code, la porte s'est ouverte après une petite sonnerie à peine audible. Il l'a poussée avec délicatesse et m'a fait signe de le suivre.

— C'est au troisième étage, c'est toi qui sonneras, il ne te connaît pas. Moi je me cacherai dans l'escalier.

On n'a pas pris l'ascenseur. On a monté les marches à pas feutrés, dans le noir, Pedro en retrait.

— C'est l'appartement 313, tu frappes, dès qu'il ouvre tu trouves quelque chose à lui dire, et moi je te rejoins.

Je me tenais devant la porte, un peu hésitant. J'ai compté intérieurement jusqu'à trois avant de sonner.

J'ai attendu une trentaine de secondes. Personne ne venait ouvrir. J'ai sonné une deuxième fois. Toujours personne. Alors j'ai sonné une troisième fois, plus longtemps. Juste au moment où la minuterie du palier s'est éteinte, j'ai entendu des pas à l'intérieur de l'appartement. Une ombre a bouché le judas et ne bougeait plus. J'ai appuyé sur la minuterie pour que la personne me voie de l'autre côté de la porte.

J'ai entendu une voix féminine à l'accent antillais :

— C'est qui ça ?

— Je suis le frère de votre voisin et…

— Le frère de notre voisin ? Le voisin d'en face ?

— Oui, le voisin d'en face…

— Lui c'est un Blanc !

Les pas d'une deuxième personne résonnèrent dans l'appartement. Une voix plus grave et ferme a demandé :

— Laurette, tu parles à qui, hein ? Qui c'est qui dérange les gens à quatre heures du matin comme ça ?

— C'est paraît-il le frère du voisin d'en face, mais il est noir alors que le voisin il est blanc !

— Je m'en occupe ! Il va m'entendre, ce con ! Va dans la chambre près du bébé !

Le type a ouvert violemment la porte et s'est retrouvé nez à nez avec moi :

— On se connaît ?

— Disons que…

— C'est quoi ton problème, connard ? Les nègres ont maintenant des frères blancs dans ce pays ? Tu veux nous cambrioler, c'est ça ? Entre alors ! Connard de merde !

Il a ouvert la porte en grand.

— Mais entre ! Viens donc nous cambrioler ! Tu trembles maintenant ?

D'un bond de fauve, Pedro a surgi et a poussé le type à l'intérieur de l'appartement en hurlant vers moi :

— Entre et ferme cette porte, José !

Les deux hommes se sont empoignés, puis s'écroulant à terre se sont livrés à un véritable combat que Pedro semblait dominer ; je le voyais envoyer des coups de poing dans la figure du type.

— Où est mon argent, hein ? hurlait-il.

Pedro frappait avec une violence que je ne lui connaissais pas. Je me suis dit qu'il allait tuer ce pauvre Mesmin pour cinq mille euros.

— Où est mon argent ? Je vais te fracasser la tronche !

Laurette, depuis la porte de la chambre, a commencé à brailler, imitée par le bébé qui criaillait comme si une guêpe venait de le piquer.

— José, fais-moi taire cette pouffiasse d'Antillaise !

Pedro avait cloué Mesmin au sol et l'agrippait par le cou, l'empêchant de respirer. Je ne savais plus quoi faire car lorsque je me suis avancé vers la femme elle a filé dans la chambre où elle a continué à hurler.

— José, je t'ai dit de la faire taire !

— Y a un bébé qui…

— Et alors ?

Je me suis rué dans la chambre. Laurette m'a lancé un oreiller que j'ai esquivé de justesse.

— Tu vas me faire quoi, hein ? Assassin !?

Toutes griffes dehors, elle s'est jetée sur moi. Je ne voulais surtout pas la frapper. Je l'ai poussée, elle est allée s'affaler sur le lit, hurlant de plus belle. Au moment où je me penchais pour la bâillonner avec ma main, elle m'a envoyé un coup de pied dans le ventre. Je me suis plié en deux de douleur. Irrité, mais en réalité vexé par son habileté alors que j'estimais avoir été charitable de ne pas la brutaliser, je l'ai attrapée par la jambe et l'ai tirée hors du lit. Lorsqu'elle a voulu se relever je l'ai retournée et plaquée au sol et me suis assis sur ses fesses en retenant ses deux bras dans son dos. Elle se débattait comme une diablesse. Elle s'est tue, de même que le bébé. Après maints efforts, j'ai réussi à attacher ses deux bras avec un pagne africain qui servait de tapis. J'ai recouvert sa tête avec la grosse couverture que j'ai tirée du lit. Elle a repris ses hurlements, mais on ne l'entendait presque plus.

Dans le salon j'ai vu Mesmin à genoux, le visage en sang.

— Mon argent !

— J'ai rien, je te jure ! J'ai rien ! Je sais même pas comment je vais faire pour acheter les couches du gamin et…

— C'est pas mon problème, je veux mon argent !

— Pedro, je t'en supplie, les temps sont durs, si tu veux, prends mes affaires dans l'armoire de la chambre…

J'entendais la femme se débattre, cogner contre l'armoire et essayer de retrouver sa voix pour crier de nouveau. Le bébé avait repris ses pleurs, mais d'une voix cassée.

— Va fouiller cette putain d'armoire, José.

Je suis retourné dans la chambre. J'ai enjambé la femme qui avait réussi à sortir sa tête de la couverture :

— Assassin ! J'ai vu ton visage !

J'ai ouvert l'armoire. Mesmin y avait beaucoup plus d'affaires que sa femme. Plusieurs costumes étaient alignés, bien repassés et protégés par des housses transparentes. Un endroit était aménagé pour les chaussures. On aurait dit la devanture d'une boutique de chaussures de luxe. Mesmin possédait presque toute la collection de Weston. J'ai rapporté au salon trois paires neuves en crocodile, en anaconda et en lézard. Elles n'avaient pas encore été portées.

Mesmin était à genoux, le menton contre la poitrine. Pedro, dominateur, se tenait debout devant lui. Son débiteur avait capitulé, et à voir comment il se tenait il avait reconnu la supériorité de Pedro, qui l'a poussé d'un geste. Mesmin s'est étalé comme un sac de patates et s'est protégé le visage de peur que Pedro ne recommence à le frapper.

Pedro a regardé avec gourmandise les chaussures que j'ai déposées devant lui.

— Je prends aussi les costumes ?

— Non, ça va, ces trois paires de Weston valent plus de dix mille euros, on y va.

J'ai ramassé deux des paires, Pedro a pris les crocos, les plus onéreuses. Au moment où nous allions fermer la porte derrière nous, la femme de Mesmin, ayant réussi à se libérer, courait vers son homme :

— Tu es un homme ou quoi ? Regarde-moi ce visage ! Y a du sang partout ! Tu n'as jamais appris à te battre, ou quoi ? Tu connais ces gars, non ? Moi j'appelle la police !

Mesmin a murmuré :

— Laisse tomber la police, y a rien, ça va passer…

On a claqué la porte.

Sur le palier, le voisin d'en face avait entrouvert la porte. On apercevait ses cheveux roux et un œil bleu qui roulait en nous épiant.

— T'as un problème, toi ? lui a lancé Pedro en avançant vers la porte que le type a vite refermée.

Pedro est resté immobile pendant quelques secondes comme s'il voulait sonner et en découdre avec cet homme.

Pedro lui a montré son majeur et a gueulé :

— Y a quoi ? C'est une histoire entre négros ! Appelle donc la police et tu auras la visite de toute une tribu africaine dans les jours à venir ! On viendra manger ta femme et tes enfants avec de la mayonnaise et du ketchup !

On a repris l'escalier. Du deuxième au rez-de-chaussée plusieurs portes étaient entrouvertes et se refermaient à notre passage. Dans la cour, en levant la tête, on voyait des habitants postés derrière leur fenêtre…

Le lendemain nous avons vendu les chaussures à Château Rouge, à des prix si abordables que les compatriotes se battaient pour les acheter. On en a tiré huit mille euros, Pedro m'en a remis deux mille.

Je savais maintenant que j'étais le vrai bras droit de Pedro, même s'il était gaucher comme s'en réjouissait Bonaventure.

DEUXIÈME PARTIE

Conte de fées

À Fresnes, ce que je redoute le plus ce n'est pas l'enfermement mais ces nuits qui semblent durer plus que toutes celles que j'ai connues dans ma vie. Et puis il y a surtout ce silence dans les couloirs, brisé par moments par les pas d'un gardien qui passe et, au loin, l'aboiement d'une tribu de chiens en chaleur. Tout le monde dort comme si de rien n'était, moi je refuse de fermer l'œil. En fait, j'ai l'impression de n'avoir jamais dormi depuis ce vendredi 13 de la rue du Canada. Quand j'arrive enfin à m'endormir, je me vois dans un fleuve tout rouge, avec un corps qui flotte en surface et qui vient échouer contre moi. Et je cours, je cours à perdre haleine pour échapper à ce cadavre qui se remet sur ses jambes et me traque. La blonde et moi ne nous quittons plus. Parfois je rêve que je suis en train de l'embrasser, de l'emmener loin, très loin. Et tout à coup, elle se met derrière moi, ne veut plus avancer. Je me retourne alors pour lui prendre la main et je vois une femme sans tête. Je me réveille et constate que la transpiration a mouillé mon lit de détenu.

J'entends de temps à autre, au-dessus de moi, Fabrice qui se retourne dans son lit. Il sait depuis un certain temps que j'écris, que je n'ai plus cessé d'écrire depuis des semaines et des semaines. Il ne sait pourtant pas que c'est indirectement pour lui que j'écris tout ça, car je n'aurais jamais le courage de me livrer à lui. C'est une question de décence. Ma vie ne le regarde pas. Il l'a un peu compris, et cela l'amuse de me voir très concentré sur ma nouvelle activité. Il ne me demande pas de lui lire ces pages qui s'entassent et que je garde sous le lit comme un butin de guerre, comme les vestiges d'une existence que je récuse mais que je souhaite en même temps préserver.

Les semaines, les mois passent à une allure vertigineuse et, entre-temps, Fabrice a transformé notre cellule en un musée de souvenirs familiaux. Il y a maintenant partout sur les murs des photographies de ses vacances sur une plage des Caraïbes avec une femme bronzée à outrance, grande et mince. Le genre de créatures qu'on voit dans les magazines de mode et dont on se dit qu'on ne pourra jamais les approcher, que c'est pour les autres. Sur quelques-unes de ces photos, le couple pose avec un petit garçon blond aux yeux bleus. Le matin – c'est devenu pour lui un rituel – Fabrice embrasse ces images, verse quelques larmes avant de donner à plusieurs reprises des coups de poing contre le mur. Cela m'inquiète un peu ; qu'est-ce qui se passera le jour où il reportera sa violence sur moi ?

Sur d'autres images encore, on le voit, toujours avec sa femme et leur enfant, mais avec un bouledogue noir, devant un pavillon de la banlieue parisienne. Il m'a appris qu'ils n'avaient pas encore fini de rembourser l'emprunt contracté pour ce logement et que si sa détention durait quelques mois de plus, sa femme et lui risquaient de perdre leur bien. C'était ce même jour qu'il m'avait confié, les yeux pétillant de bonheur, combien il aimait son épouse.

— Tu vois, mon gars, t'as pas remarqué que les prénoms ça joue sur le physique, hein ? J'ai jamais vu de ma vie une Sophia laide, et la mienne est la plus belle du monde ! avait-il exulté alors que je restais pantois, me demandant quelle mouche l'avait piqué pour se mettre ainsi à table et me faire entrer dans une intimité qu'il avait jusqu'à ce jour verrouillée à double tour.

Bref, tout ça c'était pour m'apprendre que sa femme se prénommait Sophia et qu'il l'avait rencontrée dans un avion alors qu'il se rendait à Mulhouse pour une compétition de ping-pong. Pour moi, cette histoire n'est pas loin du conte de fées, et je soupçonne Fabrice d'exagérer certains faits. On ne trouve pas la femme de sa vie dans le ciel, c'est plutôt sur terre que ça se passe en général. Sophia est donc hôtesse de l'air dans une petite compagnie d'une ligne intérieure et, d'après Fabrice, ce fut le coup de foudre lorsqu'elle était venue lui servir du café. Il ne la quittait plus du regard, recherchait chaque fois un prétexte pour la faire revenir. Il ne se rappelait plus combien de fois il avait appuyé sur le petit bouton près de son siège ; une petite lumière clignotait au-dessus de sa tête, Sophia s'empressait vers lui, d'abord avec un verre d'eau, puis un coussin, puis des écouteurs, et lui en profitait pour lui murmurer des compliments, tandis que la fille rougissait, s'éclipsait aussitôt dans les toilettes pour refaire son maquillage. Il a glissé son numéro de téléphone portable dans une poche de l'uniforme de l'hôtesse. C'était hardi de sa part, pourtant il avait l'intime conviction qu'elle l'appellerait. Il l'avait senti lorsque Sophia s'était légèrement accroupie afin de lui faciliter la tâche. Au grand bonheur de Fabrice elle lui téléphona le lendemain en fin de matinée. Ils passèrent près de deux heures à se parler. Fabrice était logé dans une chambre de l'hôtel Kyriad, rue Lambert, en plein centre-ville de Mulhouse. Il avait ensuite invité Sophia à quelques pas de l'hôtel, au restaurant Le Petit Zinc, un lieu qu'elle semblait apprécier car elle avait détaillé des yeux les photos des artistes au mur avant de dévorer en un temps record un gratin de spaetzle au sésame. Le vin Depardieu qu'ils avaient choisi l'avait mise dans un tel état d'excitation que c'était elle qui menait la conversation et s'écroulait de rire à la moindre blague de son soupirant. Depuis ce jour, ils ne se sont plus quittés. Elle habitait à Bois-Colombes, lui au Pré-Saint-Gervais, mais très vite il emménagea à Bois-Colombes, l'appartement de l'hôtesse étant plus grand. Ils ont par la suite acheté un pavillon à Torcy et, vingt-quatre mois après leur rencontre, deux événements allaient couronner ce bonheur : leur mariage, puis la naissance d'un petit garçon.

Cette histoire me paraissait rapide, presque précipitée, mais c'est tout ce qu'il m'a confié jusqu'à ce jour. S'il s'était livré alors qu'il souhaitait au début préserver une distance entre lui et moi, c'est peut-être parce que je manifestais une curiosité à la fois obsessionnelle et craintive chaque fois qu'il regardait ses photos et cognait contre le mur.

À vrai dire, moi je n'ai pas encore vu cette Sophia qui vient visiter son époux au parloir deux fois par semaine sans exception depuis que je suis là. Je suppose que c'était ainsi avant mon arrivée. Comme moi je ne vais pas au parloir – personne ne vient me voir –, je devine que cette femme est toujours bien habillée puisque lorsque son homme revient je sens un parfum délicieux qui reste pendant des jours dans notre cellule.

Jusqu'à présent tout s'est bien passé entre Fabrice et moi. Je respecte sa moitié d'espace dans cette cellule. Je ne touche pas à ses affaires, il ne touche pas aux miennes.

*

Depuis quelques semaines, Fabrice n'est plus le même homme. Il a perdu cette confiance en soi que je lui connaissais. Il n'arrive même plus à regarder droit devant lui, le nez bien levé, dans cette attitude qui faisait croire à certains détenus qu'il n'était qu'un petit vantard, un fayot qui s'attirait les faveurs des matons. Tout cela est fini, il a les yeux baissés. Il parle de moins en moins et me semble préoccupé. Quelque chose ne marche plus dans sa vie, ou alors un maillon de sa chaîne, que je croyais pourtant solide, vient de se casser. Il n'a plus fait de sport depuis des semaines, et je suis stupéfié de voir comment, en si peu de temps, il a pris du ventre. Parfois, résolu, il accumule des exercices au sol pour raffermir ses abdominaux, mais je sais qu'il ne le fait pas avec conviction et qu'il tente de chasser un tourment que je ne me risque pas à deviner.

La semaine dernière Fabrice a écrit plusieurs lettres.

Elles étaient toutes adressées à Sophia. Je le sais parce que, avant de les mettre dans une enveloppe, il les lisait à haute voix. Dans l'une d'elles il s'inquiétait de ne pas avoir reçu la visite de son épouse comme prévu, j'avais entendu le dernier paragraphe qu'il lisait avec émotion :

— « … J'étais assis comme un con à attendre dans ce parloir de merde, et tu ne t'es pas pointée. Lorsque tu apparais j'oublie ma condition actuelle, je me sens homme, parce que tout se passe dans tes yeux, dans ton regard. Dis-moi quelque chose. Qu'est-ce qui se passe dehors que je ne sais pas ? Tu t'es brouillée avec ma mère ? Tu es malade ? Tu es hospitalisée ? Dis quelque chose. Je craque. Je craque. Je craque. Je n'ai que toi. Tu es ma seule raison de vivre, de lutter. Si tu n'es pas là je perds mon bras droit. Et je ne sais pas utiliser mon bras gauche. Je t'aime. Je t'aime. Je t'aime. Sophia, je t'aime. Fabrice. »

Il lui demandait aussi de voir avec son avocat où celui-ci en était dans la procédure et ce qu'il pensait de sa demande de mise en liberté provisoire.

Ses lettres sont apparemment restées sans réponse puisque dans celle d'avant-hier le ton avait changé :

— « … C'est quoi ton problème, Sophia ? Tu veux que je crève dans ce trou ou quoi ? T'as pas compris que j'ai trop subi ? Je te le répète comme dans ma précédente lettre dont j'attends toujours la réponse : ne te comporte pas en salope ! Oui, c'est ça, ne te comporte pas en salope. Si c'est le cas, je ne te le pardonnerai pas ! Je suis dans ce trou un peu pour nous deux, ne l'oublie pas ! Alors tes conneries, je n'en veux pas. Réponds-moi dans les jours qui suivent sinon je vais craquer encore plus, et tu seras responsable de ce qu'il adviendra. Tu es mon seul lien, tu le sais. Si tu as quelques ennuis financiers, va voir mon père, il te filera de la thune, je le rembourserai à ma sortie de taule. Je t'aime. Je t'aime. Je t'aime. Fabrice. »

L'écrivain se repose

J'écris à la main, au crayon, que je taille parfois avec mes dents. Lorsque je me relis, je me dis que je n'ai pas tout remis en ordre, qu'il manque des choses ici et là. Mais peut-on reconstituer sa vie avec précision lorsqu'on s'appelle Julien Makambo ? Un peu déçu de ce que j'ai rapporté jusqu'alors, je range mes feuillets et essaie de m'endormir. Et c'est là que Fabrice murmure depuis là-haut :

— Ça y est, l'écrivain se repose…

Non, je ne me repose pas. Il n'a encore rien compris. Je ne sais plus qui, de Julien ou de José, est en train d'écrire ces lignes. Je serais tenté de dire que c'est José. D'un autre côté José ne peut pas exister sans Julien – et vice versa. Au fond, cela montre que j'ignore désormais qui je suis, et plus encore qui je serai demain. Or il n'y a pas de lendemain lorsque le tunnel semble de plus en plus sombre et que le spleen devient la couverture de vos nuits, une couverture qui ne vous réchauffe pas. « L'écrivain se repose. » Ces mots résonnent dans ma tête. Je suis prisonnier de mes souvenirs, de notre milieu. De la tribu du Paradis. J'aimerais vraiment me reposer, reprendre mon récit là où je l'ai arrêté. Mais d'autres images s'imposent à moi. D'abord l'image de ce restaurant, L'Ambassade. Ensuite celle du type important venu de Brazzaville que Pedro et moi allions rencontrer. Je pense aussi au bouillon de poissons que j'ai mangé ce jour-là. J'en sens encore le goût dans ma bouche. Et la patronne des lieux, une étrange femme, avec sa manie de protéger sa caisse même lorsqu'il n'y a personne dans son restaurant. Je la revois somnolant derrière le comptoir. Je la revois aussi en train d'engueuler son seul employé, son cousin, et celui-ci, intimidé, qui tente de la rassurer.

Je ne veux pas dormir. Non. J'ai envie de rouvrir les yeux, de reprendre mes feuillets et de raconter tout cela. Mais je suis fatigué, très fatigué. Je le ferai demain dès l'aube. Oui, demain je débuterai par cet épisode au restaurant L'Ambassade. Je me dis ça pendant que je sens mes paupières s'alourdir et qu'apparaît un fleuve de sang rouge, de plus en plus agité ; une blonde est en train de se noyer alors que je me demande s'il faut que j'aille la sauver. Je ne sais pas nager. La blonde se noie sous mes yeux. Je suis complice de non-assistance à personne en danger. C'est ce que je me dis, dans un profond sommeil…

Enquête exceptionnelle

Je vivais à L'Amandier depuis maintenant cinq jours. Je sortais peu et, avant de mettre le nez dehors je restais un moment devant la porte de l'établissement à regarder à gauche et à droite tel un oiseau apeuré. Une voiture de police venait de loin dans la rue de Paris ? Je sursautais et regagnais vite le hall de l'hôtel. Un individu me paraissait suspect en face de l'hôtel ? Je ne sortais plus, je me cloîtrais là-haut et ne réapparaissais que plus tard, réalisant que j'avais eu peur pour rien car l'individu en question avait été rejoint par une femme, et les deux s'embrassaient comme des collégiens contre une Golf grise. Le réceptionniste avait l'air bizarre quand il me regardait ? Je nourrissais de profondes inquiétudes et me demandais s'il ne m'avait pas démasqué. Je me rassurais en me persuadant qu'il ne pouvait pas me reconnaître sans mon costume vert. Et puis, comme il me voyait tous les jours, j'étais devenu à ses yeux quelqu'un sur qui aucun soupçon ne pouvait plus peser. Comment pouvait-il s'attendre que celui dont le nom était répété tous les jours à la télé et dans les journaux ait trouvé refuge dans ce petit hôtel ?

J'allais acheter rue de Paris quelques plats chinois chez Delice's, juste à côté de la boutique Osmose qui vendait des imitations Weston et d'où sortaient des Africains avec de gros sacs remplis d'articles achetés à des prix défiant toute concurrence. Je baissais ma casquette jusqu'aux sourcils, j'entrais chez Delice's et commandais des rouleaux de printemps, un canard laqué de Beijing, du riz cantonais et des filets à la sauce aigre-douce. Je regagnais l'hôtel et mangeais en regardant la télé. Les émissions de la fin de journée m'apaisaient, surtout *Questions pour un champion* avec son présentateur qui me paraissait sympathique, mais aussi un peu agité quand ses invités trouvaient les réponses.

Je ne m'étais pas rasé depuis vendredi 13, et cette petite barbe me réjouissait : j'avais l'illusion de devenir un autre homme. Je souhaitais d'ailleurs qu'elle pousse plus vite, qu'elle soit aussi abondante que celle d'un Karl Marx ou d'un Victor Hugo en exil. Mais pour cela il fallait du temps, de la patience. Je la tirais chaque matin comme si ce rite pouvait hâter les choses. Je me laissais aussi pousser les cheveux avec en tête l'idée de devenir un rasta comme ceux qui passaient dans la rue ou prenaient une chambre dans cet hôtel. La métamorphose serait alors complète et je défierais quiconque dans notre milieu de me reconnaître.

À l'accueil de L'Amandier le Maghrébin était devenu presque un pote, il se risquait à me tutoyer sans que moi j'y parvienne en retour. Il me saluait tout bas, balançait quelques blagues et se permettait même de m'appeler « mon frère ». Cependant je ne souhaitais pas trop discuter avec lui. Je sentais qu'il arriverait un moment où il finirait par me demander ce que je faisais là et pourquoi je dépensais autant d'argent dans un hôtel, même si celui-ci était à un prix intéressant. Il me disait bonjour, je répondais aussitôt, le regard vers l'escalier. Il parlait du temps qui s'éclaircissait, j'opinais du chef. Une petite blague s'ensuivait, je rigolais faussement, mais j'étais déjà dans l'escalier. Sa remplaçante, la rousse mitraillée de taches de rousseur, était plus réservée. C'était un mur, elle tirait souvent la gueule et me donnait l'impression d'être une personne diplômée qui devait se contenter d'un boulot de merde. Toujours en train de lire son *France Soir*, de laisser sonner le téléphone que j'entendais depuis ma chambre. Chaque fois que la sonnerie retentissait j'avais des palpitations. Et si le coup de fil venait de la police ? Ce n'était pas possible, elle n'agirait pas de la sorte. Elle viendrait directement me cueillir dans ma cache.

Pour cette rousse je n'existais même pas. Ou bien je n'étais qu'un client. Je déposais les clés sur le comptoir ; lorsque je revenais, elles étaient encore là et la réceptionniste faisait toujours ses mots croisés. Si j'étais persuadé qu'elle était une de ces personnes diplômées qui se contentaient du peu que la vie leur avait donné, c'est certainement parce qu'un jour je l'ai trouvée plongée dans la lecture d'un gros livre : *À la recherche du temps perdu*. Le volume était énorme, écrit en tout petit. Mais la rousse lisait avec un léger sourire de délectation. De temps à autre elle soulignait un passage avec un marqueur vert fluorescent, une couleur qui n'avait pas manqué de me faire penser au costume que je portais le vendredi 13.

*

Plus je vivais à L'Amandier, plus je me sentais en sécurité. Ce sentiment m'avait poussé à payer deux autres jours d'avance pour garder ma chambre. Pourquoi quitter un endroit qui m'avait jusqu'à présent réussi, voire porté chance, si l'on peut dire ?

J'observais en tout cas le même rituel, conscient pourtant du risque qu'il y avait à s'installer dans une routine. Tous les films que j'avais vus le montraient : le rituel entraîne la chute des bandits.

Je me levais donc à six heures et allais acheter le journal que je feuilletais pour constater qu'on évoquait plus que jamais l'affaire de la rue du Canada. Vers midi j'achetais un plat chez le Chinois et revenais manger dans ma chambre. Il n'était pas question que je m'attable au milieu de gens qui auraient pu me reconnaître. Je ne passais aucun coup de fil, ma première précaution était d'éviter tout contact avec les membres de mon entourage.

Je ne ratais aucune édition des journaux télévisés de treize heures, de vingt heures et de minuit. Parfois j'étais tenté de ne pas regarder le petit écran car « l'affaire de la rue du Canada » était sans cesse évoquée, décortiquée, j'avais l'impression que c'était à moi qu'on s'adressait, que ces émissions et ces journaux télévisés étaient destinés à me faire sortir de ma chambre comme lorsqu'on envoie de la fumée dans un trou pour asphyxier les rats afin qu'ils sortent et tombent dans le piège.

Depuis ce vendredi 13, un procureur aux sourcils broussailleux s'exprimait d'une voix ferme sur toutes les chaînes, expliquant comment l'enquête se poursuivait et combien il était confiant : on arriverait à mettre la main sur ceux qu'il taxait de fugitifs « les plus dangereux de la décennie ». Il m'était alors impossible de lâcher la télécommande. D'ailleurs, dès que j'entrais dans la pièce mes yeux se posaient sur l'écran ; avant même de me déshabiller pour être à l'aise, je mettais la télévision en marche. Je zappais sur les principales chaînes nationales, et à vingt heures mon angoisse croissait parce que je savais qu'on allait revenir sur l'affaire. Après le journal, on passait un film, je pouvais enfin respirer.

Il y a eu cette nuit d'insomnie. Après les informations j'ai regardé le film de bout en bout, puis j'ai zappé pour tomber sur une émission que je découvrais : *Enquête exceptionnelle*. Trois hommes et une femme politiques étaient invités. Le sujet défilait en bas de l'écran : « Immigration et criminalité, l'affaire de la rue du Canada », et un type d'extrême droite enfonçait le clou :

— Pendant que nous débattons ici depuis maintenant un quart d'heure, ce José Montfort et l'autre Africain sont certainement en train de tuer froidement quelque part dans un arrondissement de Paris ou, qui sait, dans une ville paisible de France ! Notre parti est le seul à proposer des solutions humaines sur la question de la criminalité liée à l'immigration, les Français le savent puisqu'ils sont de plus en plus nombreux à nous rejoindre. Le problème c'est que les partis de l'*establishment* ont verrouillé les règles électorales et empêchent de ce fait des millions de Français d'être représentés, d'avoir des députés à l'Assemblée nationale. Je vous le garantis, lorsque nous serons au pouvoir, la première chose que nous ferons, ce sera de rétablir la peine de mort pour des crimes du genre de celui qui a été perpétré dans le 18e arrondissement, puis nous retirerons la citoyenneté à tous les naturalisés coupables de crimes. Parallèlement nous reconsidérerons le statut des immigrés titulaires de cartes de séjour ou de résidence permanente. Ces documents se méritent, tout comme la nationalité française ! Il n'y a pas de doute, le crime de la rue du Canada est une alerte. La France va mal, il n'y a que le gouvernement actuel qui ne s'en rend pas compte !

Un autre, d'un parti de gauche, nuançait les choses pendant qu'on affichait ma photo floue à l'écran :

— José Montfort n'a pas commis un meurtre parce qu'il est immigré ! La criminalité n'est pas du tout liée au statut de l'individu sur un territoire, sinon les Français que votre parti qualifie dangereusement « de souche » ne commettraient aucune infraction dans ce pays. Pourquoi l'immigré devrait-il mériter la nationalité française pendant qu'on n'exigerait rien de la part des Français auxquels vous pensez ? Il s'agit de repenser dans sa globalité notre politique d'immigration sans faire d'amalgames et sans installer une nation tissée de communautés qui se regardent en chiens de faïence ! Il y a des étrangers qui sont exemplaires sur notre territoire et qui contribuent à sa grandeur ! L'extrême droite utilise une situation tragique à des fins politiques, c'est en réalité cela sa politique, celle que nous connaissons depuis toujours et que la droite aussi semble épouser sans le dire à haute voix : jouer sur les peurs des Français ! Écoutez, moi je regarde la France dans les yeux, et je dis aux Français : n'ayez pas peur ! Il faut réinjecter un peu d'humanité dans nos rapports, oui, c'est ça, réinjecter un peu d'humanité, ce qui nous manque pour devenir de vrais êtres humains…

Un communiste moustachu et chauve a tempêté :

— Nous sommes dans une époque où le pouvoir de l'argent l'emporte, et je suis d'accord avec cette belle formule : réinjectons une dose d'humanité dans nos rapports ! Que vivons-nous aujourd'hui ? Eh bien, je vais vous le dire : le capitalisme a inoculé son venin dans les veines de la société, et ce qui ressort aujourd'hui n'est que la conséquence de l'accumulation de richesses par ces mêmes capitalistes et l'aggravation de la pauvreté des prolétaires ! Il s'agit de redistribuer les richesses, de prendre l'argent aux nantis et d'entreprendre une politique de reconquête de nos valeurs fondée sur l'appropriation collective des moyens de production. La droite ne peut pas envisager une telle politique, et la gauche socialiste, qui a déjà gouverné, a montré son incapacité. La philosophie du parti communiste exclut la xénophobie, mais elle ne tolère pas non plus le laxisme actuel du gouvernement !

La représentante de la droite a démarré au quart de tour :

— Écoutez, la gauche a été au pouvoir, avec d'ailleurs des ministres communistes, et on a vu ce que cela a donné ! Épargnez-nous vos leçons, le gouvernement de la France – qui n'est pas le gouvernement d'un parti politique, je vous le rappelle – travaille avec courage et détermination pour le bien-être des Français, j'allais dire, de tous les Français. Des lois ont été votées contre l'immigration clandestine, elles portent leurs fruits. Du reste, nous devons insister sur leur application pour que le citoyen français ne soit plus victime de crimes odieux comme celui de la rue du Canada !

Ça se chamaillait, ça se renvoyait les responsabilités devant une animatrice dépassée par le débat et qui avait du mal à gérer les temps de parole. Lorsqu'un des invités s'exprimait, les trois autres s'empressaient de le couper, au point que la cacophonie était générale. Le nom de José Montfort revenait dans leur bouche. La journaliste parvint enfin à les interrompre pour lancer un reportage de quelques minutes sur l'affaire. J'appris ainsi que notre studio de la rue de Paradis avait été visité par la police, mais que les membres de la tribu avaient tous décampé le lendemain de ce vendredi 13. J'imaginais alors Le Vieux parlant aux autres, prenant appui sur son expérience :

— Il y a quelque chose de bizarre qui plane dans l'air, moi je me barre aussi. Dans le village où je suis né on dit que lorsqu'on traque un animal à cornes, le lièvre, connu pour avoir de longues oreilles, doit se méfier qu'on les prenne pour des cornes. Les imbéciles qui souhaitent passer encore quelques heures dans ce studio n'ont qu'à rester, moi je me barre !

Et les autres l'avaient certainement suivi, chacun s'emparant de sa malle en fer et la descendant jusqu'au rez-de-chaussée avant de la mettre dans le coffre d'un taxi. Où étaient-ils à présent ? Probablement comme moi, évaporés dans Paris ou dans les différentes banlieues d'Île de France.

Le reportage d'*Enquête exceptionnelle* rappelait que la police avait fouillé de fond en comble le studio de la rue de Paradis. Moi je savais qu'elle ne trouverait rien. Pedro ne gardait pas là ses affaires. Il les laissait chez une de ses multiples copines, celle qu'on appelait « La Doyenne », une femme forte de la République démocratique du Congo, qui tenait un petit bar à La Courneuve. Je commençais donc à me réjouir d'avoir fait disparaître mes traces de ce studio. Le soulagement fut total lorsque le journaliste qui avait réalisé le reportage avait interrogé le gérant de l'immeuble et que celui-ci avait laissé entendre qu'il ne connaissait qu'un seul locataire avec qui il avait signé le bail, et qu'il n'était pas au courant que d'autres personnes vivaient dans ce petit espace, ce qui aurait constitué à ses yeux une violation des obligations contractuelles.

Ce fut un soulagement de courte durée. Le journaliste interviewait ensuite quelqu'un qui rapportait, le visage brouillé et la voix déformée :

— Oui, j'ai vu un monsieur du quatrième étage avec un costume vert. Croyez-moi, on tombe pas tous les jours sur un costume de cette couleur-là dans les escaliers des immeubles parisiens. En Afrique, oui, en France, non. Moi je descendais ma poubelle, lui il montait au quatrième, je l'ai salué, il a à peine répondu sans me regarder, est-ce que c'est un comportement normal, ça, hein ? Même que je me souviens que son pantalon était étrangement gonflé près de son sexe. Je dis pas ça pour faire croire que les Noirs ils bandent souvent lorsqu'ils montent les escaliers, mais quand même, c'était suspect de se promener comme ça avec le pantalon gonflé devant, on dirait qu'on a la trique ! Après, un peu plus tard dans la soirée, quand je fumais devant la porte de l'immeuble, je l'ai vu sortir avec un sac de voyage noir et prendre la rue du Faubourg-

Poissonnière. J'ai levé la main pour le saluer de loin, lui il a pas répondu à mon salut, est-ce que c'est normal ça aussi, hein ? En tout cas c'est ce que j'ai raconté aux policiers chaque fois qu'ils sont venus m'interroger. Depuis ce vendredi 13, j'ai plus revu ce monsieur en vert dans l'immeuble ; pareil, les autres Africains ils ont tous décampé après minuit parce que, ces gens-là, ils sont comme ça, ils ne vendront jamais leurs frères. Je les guettais depuis mon appartement, ils descendaient des malles, et je ne comprenais rien à rien. Mais ça arrive, des gens qui ne peuvent plus payer les loyers et qui s'enfuient. C'est ça que je me disais avant d'apprendre par la télé que c'est un problème grave qui venait de se passer et que c'est des gens de mon immeuble qu'étaient impliqués dans l'histoire…

Mon cœur a recommencé à cogner contre ma poitrine. Ce voisin avait peut-être donné beaucoup d'éléments à la police concernant mon physique. En repensant à lui j'ai senti une odeur d'oignon envahir ma chambre d'hôtel. Je ne songeais qu'à une chose : quitter ce lieu le plus tôt possible. Mais pour aller où ? Je me suis dit alors : et si j'allais à Nantes ? Une voix me répondait : pourquoi Nantes ? Parce que c'est toujours cette ville qui venait à mon esprit sans explication concrète. Vivre place du Commerce, non loin d'un grand cinéma, le Gaumont de préférence. Oui, comme je l'avais laissé entendre à ce Malien du foyer Bara, Yoro. Si je lui avais dit le nom de la ville de Nantes alors qu'il y a d'autres villes dans ce pays, c'est que le destin me l'avait soufflé. Pourquoi ne pas continuer à croire à ce destin ?

Je m'étais endormi avec la télécommande entre les mains. Je rêvais que j'étais dans un train pour Nantes. Mais entre le rêve et la réalité, il y a toujours un fossé. Je revoyais mes compatriotes dans leur débandade. Le bruit dans l'immeuble. Peut-être qu'ils avaient suivi mes consignes lorsqu'en quittant le studio je les avais avertis qu'ils auraient une visite qui serait loin d'être courtoise. Oui, ils avaient réfléchi à mes dernières paroles : « Dans le village où je suis né on dit que lorsqu'on coupe les oreilles le cou devrait s'inquiéter… »

Western en Kabylie

Au sixième jour de mon séjour à L'Amandier, en me regardant dans le miroir j'eus un brusque mouvement de recul. Pourtant c'était bien moi. Moi qui ? Julien Makambo ou José Montfort ? Un peu les deux, avec une autre apparence : ma barbe avait encore poussé. Je l'ai caressée, très satisfait de cette métamorphose naturelle, de ce visage hybride. C'était la première fois que je me voyais ainsi de plus près. Qui aurait pu dire que j'avais vingt-cinq ans ? J'avais pris de l'âge, et on m'aurait facilement ajouté cinq ou six ans.

J'ai vite détourné les yeux car à force de demeurer ainsi devant la glace ma tête semblait changer, remplacée par celle, cabossée, d'une femme aux cheveux blonds maculés de sang et aux yeux exorbités.

Comme j'avais la flemme de prendre une douche, j'ai ouvert le robinet du lavabo et me suis penché pour me laver le visage. J'ai regardé un moment l'eau couler et disparaître dans la bonde. Soudain, elle est devenue rouge, comme le sang qui jaillissait du crâne de la blonde. J'ai fermé les yeux et me suis mouillé les cheveux. L'eau froide m'a tiré de ces pensées fantasmagoriques. Je me suis brossé les dents avec mon index et du savon. Il faudrait que j'achète de la pâte dentifrice, me suis-je dit. Mais pour quoi faire puisque je quitterais dans quelques heures cet hôtel pour me rendre à Nantes ?

J'ai mis mon survêtement Adidas, ma paire de baskets et mon chapeau. J'ai pris mon passeport congolais et deux billets de cinq cents euros avant de quitter la chambre en me répétant, comme pour me donner du courage, que ce n'était pas José Montfort qui sortait, mais Julien Makambo.

À l'accueil, le Maghrébin chauve et bedonnant m'a lancé un bonjour rapide. A-t-il senti que je ne souhaitais plus écouter ses blagues ? Je ne lui ai pas remis les clés de la chambre qui cliquetaient dans ma poche quand je me déplaçais, le chapeau bien baissé, le regard sur mes baskets.

Il faisait un temps merveilleux pour la promenade, mais je n'avais plus le cœur à cela. La nuit j'avais rêvé de mon pays, de ma mère, de ma sœur, de mon neveu Chris, le fils de Pedro. Pensaient-ils à moi ? Savaient-ils ce que j'étais devenu ? Étaient-ils au courant de ce qui se passait ? En tout cas ils m'envoyaient un signe depuis là-bas, et je devais leur consacrer cette journée, leur faire une bonne surprise. Je me répétais cela en marchant.

J'ai pris la rue de Paris vers la Porte de Montreuil, du côté de la boutique Osmose. Des Africains avaient déjà envahi le magasin ; on les voyait s'enfourner par grappes comme s'il risquait de ne plus y avoir d'articles le lendemain. Une femme avait abandonné à l'entrée une poussette dans laquelle son enfant pleurnichait. Un jeune homme habillé d'un costume jaune avançait en face de moi, avec un large sourire comme s'il allait me prendre dans ses bras après des années d'absence. La couleur de son costume m'a fait penser qu'il l'avait acheté chez Connivences et qu'il venait à Osmose pour des chaussures, faute de pouvoir s'offrir des Weston dans les boutiques de luxe. Le jeune homme avait tout d'un de ces Sapeurs congolais de Château Rouge. Une vraie caricature dans son genre : les cheveux rasés de près, la veste ouverte et le pantalon remonté au-dessus du nombril, avec le petit ventre de celui qui a abusé de la bière pendant plus d'une décennie. Il se blanchissait la peau à l'aide des pr duits commercialisés au marché Dejean ou boulevard de Strasbourg. Il avançait toujours en souriant. Nous nous sommes croisés devant la porte d'entrée où l'enfant abandonné dans la poussette hurlait de plus belle tandis que les passants, choqués, criaient presque au crime contre l'humanité.

Le jeune homme en jaune s'est arrêté devant moi, je me suis aussi arrêté. Il s'est légèrement baissé pour mieux voir mon visage caché par mon couvre-chef. Il s'est vite redressé, gêné par l'indiscrétion de son geste :

— Oh, pardon, je croyais qu'on se connaissait, vous ressemblez vraiment à un Congolais que je connais.

— C'est pas grave, mon frère, ça arrive très souvent qu'on me prenne pour un Congolais, vous n'êtes pas le premier.

J'ai ajouté que j'étais un Camerounais de Douala, que tout compte fait, nous étions tous des Bantous, et j'ai poursuivi mon chemin. Je me suis retourné.

J'ai aperçu le même jeune homme toujours en arrêt devant Osmose comme s'il était le père de l'enfant qui pleurait dans la poussette. Il me regardait marcher et traverser la rue de Paris avant le croisement avec la rue d'Alembert.

Je suis entré dans une agence Western Union où quatre Maliens faisaient la queue au guichet et discutaient entre eux devant un employé qui se débattait comme un diable pour reporter sur un formulaire l'identité de celui qu'il servait. J'ai cru que cela allait durer des heures car il fallait épeler à l'agent chaque lettre du nom, du prénom et de cette ville du Mali qu'il semblait découvrir, comme moi d'ailleurs. Il s'est confondu en excuses, arguant qu'il était stagiaire, qu'il s'était jusqu'alors occupé des villes asiatiques. L'Afrique, il ne la découvrait que depuis une semaine. Et le Malien, vexé, a hurlé :

— Et alors ? C'est pas avec le nom de mon village que tu vas apprendre ton boulot ! Je t'ai dit mille fois qu'il s'appelle Kersignane, et toi tu me demandes mille fois comment ça s'écrit ! Est-ce que tu demandes mille fois à un Français comment on écrit Jouy-en-Josas ? T'es mal barré parce que mon pote bambara qui est derrière moi, lui il s'appelle N'Tji Traoré et il va envoyer son argent à Sanankoroba ! Comment tu vas faire pour écrire son nom et celui de son village, hein ?

L'agent, d'un calme de moine tibétain, a pris plus d'une demi-heure avec ces Maliens et, lorsqu'il a eu ma pièce d'identité entre les mains, il a soufflé :

— Ah, enfin un nom plus court : Julien Makoumba !

— Non, Julien Makambo, ai-je aussitôt rectifié. J'envoie de l'argent à Pointe-Noire, au Congo.

Il a retourné mon passeport dans tous les sens, sa bonne humeur a soudainement changé :

— Mais c'est un passeport congolais ! Vous n'auriez pas plutôt une pièce d'identité ou un titre de séjour français ? Et puis, par rapport à vous et à la photo du passeport, c'est un peu délicat de vous reconnaître et…

— J'ai perdu ma carte de séjour, mais j'ai refait une demande, je l'aurai dans les semaines à venir… Vous savez, les parents au pays ne peuvent pas attendre, ils souffrent…

Un groupe d'Africains est entré. J'ai lu le désespoir sur le visage de l'agent. Il a regardé vers la porte d'un des bureaux comme pour solliciter une aide auprès de ses collègues, mais il était seul, et il fallait qu'il se dépêche. Il a feuilleté de nouveau mon passeport alors que la queue s'allongeait derrière moi :

— Bon, ça va, on va faire avec. De toute façon c'est pour envoyer de l'argent, pas pour en retirer. Alors, vous avez dit que vous envoyez de l'argent à Brazzaville, c'est ça ?

— Non, à Pointe-Noire…

— Au temps pour moi ! Décidément c'est pas mon jour ! Vous envoyez combien ?

— Huit cents euros.

J'ai donné le nom de ma sœur ; dans le message que je lui adressais, je lui demandais de remettre trois cents euros à ma mère et cent euros au fils de Pedro. J'imaginais combien ils seraient contents, c'était la première fois que je leur envoyais une somme pareille. D'habitude je transférais au maximum trois cents euros, frais de transaction compris.

En sortant du Western Union j'ai remarqué que le Congolais en jaune était toujours devant la porte d'Osmose, un sac plein d'achats dans la main. La poussette avec l'enfant qui piaillait avait disparu.

Pendant que je marchais, je sentais sur moi le regard du type, comme s'il cherchait dans ma démarche, dans le moindre de mes gestes, un indice qui allait le convaincre qu'il m'avait déjà rencontré quelque part. N'empêche que cette situation créait la panique en moi et me poussait à marcher plus vite.

Je n'ai pas voulu aller directement à l'hôtel et suis entré dans la brasserie La Petite Kabylie, à l'angle de la rue de Paris et de la rue Émile Zola. Tant que ce Congolais en jaune ne déguerpirait pas, je ne rentrerais pas à mon hôtel.

C'était la première fois que je mettais les pieds dans La Petite Kabylie depuis que je vivais dans le quartier. Le comptoir était en forme de demi-cercle ; Kirdine, le patron algérien, voyait entrer ses clients et s'empressait de les saluer avant son serveur. Il semblait connaître tout le monde dans les parages car chacun était appelé par son prénom, il connaissait même le nom des chiens qui étaient gratifiés d'une petite caresse.

Kirdine était vraisemblablement embêté de ne pas m'appeler par mon prénom :

— Mon frère, moi c'est Kirdine, m'a-t-il apostrophé, la main tendue vers moi.

— José… euh, non… Julien, ai-je bredouillé.

Le tutoiement lui est venu naturellement :

— Julien… Je te vois souvent depuis ce comptoir sortir de L'Amandier pour aller prendre de la bouffe au Delice's ! Qu'est-ce qu'il y a, mon frère ? On est tous des Africains ! La Petite Kabylie c'est aussi ton bar, tu viens quand tu veux ! C'est pas que je t'oblige à consommer chez moi, mais un bonjour ça ne tue personne !

Il a voulu savoir d'où je venais et ce que je faisais dans le quartier. J'ai tout de suite regretté d'être entré dans son établissement. Il fallait pourtant répondre. J'ai vite comblé le silence qui a suivi ses questions en lui disant que je vivais en province, que j'étais monté à Paris pour chercher du travail, et qu'en attendant de trouver un petit studio je vivais dans cet hôtel parce que c'était le moins cher que j'avais trouvé.

— En province ? Où ça ?

Aucune ville ne m'est venue dans l'immédiat, j'ai alors lâché :

— À Nantes…

— À Nantes ! J'ai jamais été, mais j'aime leur équipe de foot. C'est bien la vie, là-bas ?

— Ça va quand on a du travail, mais c'est à Paris que tout se joue.

Tout en servant un client il a lancé :

— Je vais en parler autour de moi, et s'il y a quelque chose je te ferai signe. Ici, y a toujours quelque chose pour tout le monde, tu verras, crois-moi !

— C'est gentil, mais ne te tracasse pas, j'ai déjà un boulot, je bosse en principe la semaine prochaine dans une imprimerie.

— C'est super alors ! Fêtons ça, c'est moi qui t'offre le premier pot ! Qu'est-ce que tu prends, mon gars ?

Un peu gêné, j'ai repoussé son offre, mais il a insisté.

— Une Leffe, ai-je fini par capituler.

Il a déposé le verre devant moi et s'est servi lui-même un jus de tomate d'un rouge si vif que j'ai eu un haut-le-cœur. Voyant que, plié de douleur, je me tenais l'estomac, il s'est affolé et m'a relevé par l'épaule :

— Quelque chose ne va pas ? Tu ne supportes pas la Leffe ?

— C'est rien, j'ai mangé un truc hier chez le Chinois d'en face, et ça me retourne l'estomac depuis un moment. Ça va passer…

— Un peu d'eau ?

— Non, ça ira.

Heureusement qu'il a vidé son jus de tomate d'un trait pendant que des clients entraient et gagnaient le fond de la salle où une grande télé à écran plat était accrochée au mur. En moins de cinq minutes il n'y avait plus une place dans le fond. La course hippique battait son plein sur l'écran pendant que l'assistance retenait son souffle. Dès que les chevaux eurent atteint la ligne d'arrivée, quelqu'un laissa éclater sa colère à haute voix :

— Putain c'est de la merde, ce cheval ! Un vrai tocard ! Il est incapable de gagner une course comme celle-là ? Même un escargot court plus vite que lui ! Dire que *France Soir* et *Le Parisien* l'ont mis en favori ! Voilà que j'ai perdu trois cents euros ! Cheval de merde ! Fils de pute !

Kirdine est intervenu en hurlant depuis le comptoir :

— Un peu de respect, Yoro ! C'est quoi ces manières devant les gens ?

Ce nom m'a détourné de mes pensées, alors que je regardais dans la rue pour voir si le Congolais en jaune traînait encore dans les parages. Yoro ? C'était bien lui, ce Malien qui avait mangé avec moi au foyer Bara le premier jour de mon arrivée dans le quartier.

J'ai rajusté mon chapeau afin de mieux masquer mon visage. Peine perdue, Yoro était maintenant accoudé au comptoir, en face de Kirdine :

— Je m'excuse, mais tu comprends que trois cents euros c'est pas donné, et puis ce cheval de merde n'est…

Kirdine l'a interrompu pour éviter que d'autres obscénités ne sortent de sa bouche :

— Yoro, je te présente Julien, un type bien, un frère. Il vient de Nantes.

Yoro est resté immobile quelques secondes, puis il a hurlé comme s'il venait de rencontrer un fantôme :

— Mais c'est lui ! C'est le type ! C'est lui !

J'ai reculé d'un pas comme si je m'apprêtais à m'enfuir, pendant que Yoro, survolté, me montrait du doigt, les yeux rouges de colère :

— C'est lui ! C'est lui ! Kirdine, pourquoi t'as laissé un salaud comme ça entrer dans ton bar ?

— Comment ça « C'est lui » ? s'est étonné Kirdine.

— Mais oui, c'est le bâtard de la dernière fois ! Putain, il est encore dans les parages, ce type ?

— Yoro, je ne comprends pas dans quelle langue tu nous parles là !

— C'est un menteur ! Je sais, il a dû te dire qu'il habite à Nantes, place du Commerce, non loin du grand cinéma le Gaumont !

— Et alors, où est le problème ? C'est interdit d'habiter à Nantes près d'un Gaumont ?

— Pourquoi qu'il m'a menti, hein ? Il croyait que je ne connaissais pas Nantes, moi ? Je ne sais pas quel problème il a, ce type, mais mon pote Sidibé Traoré qui voit tout m'a dit de pas rester près de lui ! Et puis, Kirdine, toi-même tu sais, moi j'ai été un caïd avec mes potes de Clichy-sous-Bois, et je sais flairer de loin ce qui pue ! Et ce type il pue comme un paquet de merde d'hippopotame ! Qu'est-ce qu'il cache sous ce chapeau et cette barbe, hein ? J'aime pas ce gars ! Qu'il dégage !

Kirdine m'a regardé un moment, moi je demeurais serein. Il s'est tourné vers Yoro :

— Vous vous connaissez déjà ou quoi ? Y a un problème entre vous deux ?

— Toi Kirdine, je te connais, tu me connais, mais lui qui le connaît dans ce quartier, hein ? D'où il vient ? Qui c'est ? Qu'est-ce qu'il fout ici ? Voilà qu'il a maintenant une barbe, on dirait un rebelle dans la forêt ! Je te jure, ne le laisse plus entrer dans ton bar, moi je l'ai chassé du foyer Bara il y a une semaine ! S'il ne dégage pas maintenant, c'est moi qui pars et je ne mettrai plus les pieds ici ! Et je dirai aussi à mes potes de ne pas entrer dans ce bar !

Kirdine n'a pas bronché et, à ma grande surprise, il lui a dit :

— Yoro, tu arrêtes, ça suffit !

— C'est à moi que tu dis ça suffit ? C'est à Yoro que tu dis ça ? Moi qui consomme tous les jours ? Moi qui amène des potes dans ton bar, c'est à moi que tu dis ça ? Putain, j'hallucine !

— C'est toi qui vas dégager ! C'est pas ce Julien qui insulte les gens et qui débite des conneries pour un petit tiercé qu'il vient de perdre ! Y en a marre à la fin !

— Ah c'est comme ça que tu le prends ? Qu'est-ce que tu combines avec ce Congolais ?

— Sors de mon bar, Yoro ! Je ne te le dirai pas deux fois !

Yoro m'a défié du regard et, avant de s'en aller, il s'est raclé la gorge et m'a craché dessus.

— Putain, mais qu'est-ce que tu as fait là ? a hurlé Kirdine.

L'Algérien a bondi de son comptoir pour essayer d'attraper Yoro, mais celui-ci était déjà dehors et nous l'avons vu prendre de la distance tel un marathonien. En quelques enjambées, il s'est retrouvé dans la rue Voltaire qui débouche sur le foyer Bara. Kirdine ne pouvait pas aller lui régler son compte là-bas. Yoro serait entouré de toute une communauté qui chercherait d'abord à défendre un de ses membres avant de comprendre ce qui s'était passé.

Kirdine est revenu dans le bar le souffle coupé, comme s'il avait couru après Yoro. Mais c'était plutôt sa colère qu'il essayait de comprimer en se frottant les mains.

— Fils de pute ! a-t-il beuglé, le regard orienté vers la rue Voltaire.

Il m'a donné une petite serviette mouillée et j'ai nettoyé les crachats gras et jaunes qui avaient échoué sur mes baskets, entre les lacets. En frottant la serviette je n'ai pas pu m'empêcher de songer à ce vendredi soir où je détachais de mes Weston les taches de sang dans les toilettes collectives de notre studio. Au lieu de voir sur mes baskets les crachats de Yoro, je voyais le sang de la fille de la rue du Canada. Peut-être était-ce un ultime avertissement qu'elle m'envoyait depuis l'au-delà.

En quittant La Petite Kabylie, j'ai regardé à gauche et à droite : le Congolais en costume jaune avait disparu. Pourtant quelque chose me disait qu'il devait être quelque part à m'épier. Mais où ?

Je n'avais qu'une seule idée en tête : monter dans ma

chambre, ranger mes affaires dans un sac et attendre la tombée de la nuit pour disparaître.

Il était onze heures et demie du matin. Je n'ai pas voulu aller chez Delice's acheter à manger. De toute façon je n'avais plus faim. Non pas à cause de cet incident avec Yoro, mais à cause du verre de jus de tomate que Kirdine avait avalé d'un trait devant moi.

Vaches maigres, vaches grasses

Je me souviens de cette période de vaches maigres qui avait précédé l'affaire de la rue du Canada et qui nous avait conduits, Pedro et moi, à molester Mesmin dans son appartement et à prendre ses chaussures que nous avions vendues à Château Rouge. Durant cette période difficile, chacun se débrouillait comme il le pouvait pour payer le loyer.

Je voyais de moins en moins Pedro, qui disparaissait pendant deux ou trois jours sans nous dire où il allait. Lorsqu'il revenait, épuisé et râleur, on lisait de l'inquiétude sur son visage. Il avait presque pris de l'âge, et quelques poils gris poussaient sous son menton. Il s'est confié à moi, laissant entendre que les affaires ne marchaient plus trop bien. Je le savais un peu puisque je restais dans le studio, inactif, à regarder les séries télévisées avec Le Vieux.

La raison de cette traversée du désert était évidente : depuis que les banques n'adressaient plus de chéquiers à leurs clients par La Poste, il nous était difficile de travailler. Puisque la plupart de nos activités étaient conditionnées par ces chéquiers, nous étions presque désespérés. Cela avait bouleversé cette économie parallèle, celle que la France ne voyait pas, celle qui nous faisait vivre. Avant, il nous suffisait de voler quelques-uns de ces chéquiers, Pedro se chargeait de trouver quelqu'un qui fabriquerait une pièce d'identité – c'était le plus souvent Shaft même si Pedro ne me l'avait jamais avoué clairement – et nous nous rendions dans plusieurs stations de métro pour acheter des carnets de tickets, jamais en quantité au même guichet pour ne pas éveiller les soupçons du préposé. On commençait par la ligne 1, on enchaînait sur la 2, puis la 3, puis la 4, puis la 5, et ainsi de suite, jusqu'à épuisement des chèques. Si nous voulions viser plus haut, nous achetions en masse des billets pour les trains de grandes lignes, plus rentables, que nous revendions à la communauté. Il y avait toujours quelqu'un qui allait quelque part, à Grenoble, à Marseille, à Lyon ou à Nantes. Peut-être que c'est à cause des billets pour Nantes que cette ville était inconsciemment ancrée dans ma tête ; j'ai eu à en vendre plusieurs à des étudiants congolais. Ils ne discutaient pas le prix, ils en achetaient en nombre car ils revenaient presque tous les week-ends à Paris pour faire la fête ou se fournir en aliments du continent au marché de Château Rouge.

Mais voilà que les choses n'étaient plus aussi faciles. Tout laissait à penser que, sans ces transactions, Pedro perdrait plus de la moitié de ses revenus, sinon plus. Sans compter que notre communauté n'avait plus bonne presse depuis qu'à la télé des émissions étaient consacrées à ce que les journalistes d'investigation qualifiaient carrément de « filière congolaise ». Nous ne savions pas qui était allé vendre la mèche chez les Blancs, mais ces reportages étaient d'une telle précision que les informations ne pouvaient venir que de chez nous, fournies par ceux à qui nous vendions des billets ou par ceux qui jalousaient notre activité. La vente des pièces d'identité, des cartes de séjour, l'achat des habits de luxe avec des faux chèques, tout cela ne marchait plus. Il ne nous restait plus qu'à harceler quelques débiteurs. Mais eux non plus n'avaient plus de liquidités. Pour se rendre compte de la généralisation de la crise il n'y avait qu'à voir comment certains bars congolais – y compris Chez Pauline Nzongo – étaient à moitié vides. Chaque client achetait une seule bière et la buvait tout au long de la soirée. Mais la patronne de Chez Pauline Nzongo n'était pas aussi stricte avec Pedro qu'avec les autres clients. Elle acceptait qu'il boive et mange comme il l'entendait.

— Mon frère, disait-elle chaque fois, avec toi y a jamais eu de problèmes. On se connaît depuis des années, et ce bar c'est aussi ton bar. Je sais que tu me paieras un jour après cette crise…

Et moi, profitant de la situation, je mangeais derrière Pedro.

*

Un jour, alors que nous revenions de Château Rouge après avoir mangé à crédit Chez Pauline Nzongo et entrions dans le métro pour regagner le studio, Pedro m'annonça, très énigmatique :

— J'ai quelque chose de grand, vendredi prochain, ça va nous aider, je crois que c'est la fin de la galère. Tu peux déjà me dire merci…

J'avais les pensées ailleurs, un peu sous l'emprise d'une fatigue dont je ne m'expliquais pas la raison. Et comme je n'accordais pas d'attention à ce que je prenais alors pour des élucubrations – fréquentes en cette période de vaches maigres –, Pedro a ajouté :

— Je t'ai mis dans le coup.

Je me suis réveillé de ma torpeur :

— Moi ?

— Oui, toi… On va rencontrer ce vendredi à midi un type très important qui vient tout droit de Brazzaville. Donc dès jeudi on ira ensemble acheter ton costume chez Connivences parce que je veux que tu sois impressionnant, que tu lui en mettes plein la vue et…

— Et c'est qui, ce type très important ?

— Toujours des questions ! Tu n'as pas encore compris que je n'aimais pas ça ?

Je me suis tu jusqu'à la station Cadet. Pendant qu'on longeait la rue Bleue pour atteindre la rue de Paradis, il a repris :

— Donc, comme je te l'ai dit, le type nous verra tous les deux vendredi à midi. On a rendez-vous au restaurant L'Ambassade.

— Et c'est obligé que moi je sois à ce rendez-vous ?

— Absolument ! Je lui ai parlé de toi, et il veut te voir. Il a confiance en moi, pas forcément en toi. S'il estime que tu ne fais pas le poids, je serai contraint de te remplacer…

— Me remplacer ? Par qui ?

— Bonaventure…

Le nom de Bonaventure suffit à me mettre hors de moi. À la fois jaloux et humilié, j'ai pesté :

— Bonaventure ! Encore lui ! Pedro, je sais que tu veux travailler avec lui et que tu es en train de me préparer à accepter ça. Si ça se trouve, il a déjà refusé le boulot et toi tu m'utilises comme roue de secours. C'est ça le truc, n'est-ce pas ? Et puis, entre nous, Bonaventure a quoi de plus que moi pour que tu lui aies proposé en premier l'affaire, hein ? C'est parce qu'il est venu en France avant moi ? Tu oublies parfois que je suis l'oncle de ton fils Chris, et que je lui envoie de l'argent de temps en temps ? Si Bonaventure a des sous, tu crois qu'il enverra un rond au pays ?

Il s'est arrêté de marcher, satisfait d'avoir enfin pu tirer de moi ce qu'il attendait :

— José, calme-toi, Bonaventure n'est pas au courant de tout ça, c'est avec toi que je veux travailler. L'autre il est un peu agité et bavard, des défauts que tu n'as pas. Et puis il ne pense qu'aux nanas. Est-ce que c'est clair maintenant ?

On était arrivés devant la porte de l'immeuble quand il m'a demandé :

— Dis-moi un montant…

— Pardon ?

— Oui, dis-moi combien tu crois que tu gagneras ?

— Je sais pas, moi. Comment je peux deviner ce que je vais gagner si je ne sais pas ce que je dois faire ?

— Bon, en gros, c'est facile : on va faire peur à quelqu'un, histoire de dire à ce quelqu'un de ne pas embêter quelqu'un d'autre qui, lui, nous paye en passant par un autre quelqu'un qui vient de Brazzaville et que nous allons rencontrer à L'Ambassade…

— Y a quand même beaucoup de « quelqu'un » dans l'histoire, tu trouves pas ? Et moi je fais quoi ?

— Toi tu fais quoi ? Rien.

— Comment ça, rien ?

— Tu ne feras rien, crois-moi.

— Donc je vais toucher beaucoup d'argent à rien faire ? Remarque, ça va changer de ce qu'on vit actuellement : avant si on foutait rien, on n'avait rien. Maintenant on est passés à la vitesse supérieure : on fout rien, et on a de la thune en pagaille !

— Je ne rigole pas, José, dis-moi ton montant…

— Deux mille euros.

— Pourquoi deux mille euros ?

— Parce que c'est ce que tu m'as donné pour les Weston de Mesmin.

— Oublie ça. Tu penses vraiment que c'est une petite affaire, ou quoi ?

— Cinq mille euros alors ?

— Plus !

— Dix mille ?

— Plus ! Tu as peur de l'argent, ou quoi ?

— Vingt mille ?

— Non, faut pas exagérer quand même… Un peu moins !

— Quinze mille ?

— Oui, exactement, quinze mille euros !

Je l'ai regardé droit dans les yeux pour voir s'il plaisantait, mais il était serein et a vite ajouté :

— En plus, tu les auras ce vendredi même !

— Et toi tu touches combien dans l'affaire ? ai-je osé.

— C'est une question que Bonaventure ne m'aurait jamais posée ! Pour ça il a un avantage sur toi, il me fait confiance. Si tu considères que cette somme c'est de la merde, tu peux toujours changer d'avis avant qu'on ne monte au studio. Bonaventure doit être là, et je crois qu'il viendrait avec moi pour cent euros…

Nous sommes entrés dans le studio où la tribu était au complet et mangeait un plat de porc aux bananes plantain. Bonaventure grognait dans un coin. Mais c'était tout simplement parce que, une fois de plus, il me voyait entrer avec Pedro, signe que son ère était terminée et que je l'avais remplacé pour de bon.

L'Espace Venise

Lorsqu'on est cloîtré entre quatre murs – comme c'est mon cas à Fresnes –, les seuls moments qui redonnent de l'énergie et de l'endurance sont ceux où l'on se remémore les bons souvenirs, les instants de joie qui, paradoxalement, vous poussent même à sourire. En me disant ça je repense à ces cartes d'invitation qui traînaient depuis deux ou trois jours sur le petit réfrigérateur de notre studio. C'est Pedro qui les avait reçues par La Poste dans une grosse enveloppe blanche. Le samedi du week-end qui précédait ce vendredi 13 de malheur, nous étions tous conviés au mariage d'Auguste Olembi et de Roselyne François dans une salle de l'Espace Venise, à Sarcelles. Si tout le monde connaissait le couple, ce n'était pas mon cas. Mais à quoi bon ? Il y aurait à boire et à manger. Et puis dans ce genre de fêtes, on trouve plus de gens qui ne connaissent pas les mariés que de personnes qui les connaissent. On est gênés pendant quelques minutes, puis au cours de la nuit on entre dans l'ambiance générale.

Pedro avait loué pour l'occasion un 4 × 4 dans une agence Avis du quartier. Il n'était pas question d'emprunter le train, avait-il insisté. Il fallait impressionner les compatriotes ; arriver par les transports en commun aurait été vu d'un mauvais œil. J'avais eu le privilège de m'asseoir à l'avant, ce qui avait suscité la jalousie de Bonaventure, Pedro lui ayant sèchement ordonné d'aller à l'arrière avec les autres au moment où il s'était précipité pour occuper la place et me barrer la route.

Humilié, Bonaventure avait alors bougonné :

— Je suis quand même venu en France avant José ! Qu'est-ce qu'il a de plus que moi ?

— Tu t'assoiras derrière, c'est moi qui ai loué cette bagnole, et c'est moi qui décide ! lui avait rétorqué Pedro en me remettant une carte routière.

J'étais en quelque sorte le copilote tandis que, à l'arrière, les autres observaient un silence qui commençait à peser, comme si nous allions à un enterrement, alors qu'il s'agissait du mariage d'un compatriote.

Nous venions tout juste de démarrer, Le Vieux ronflait déjà. Quelques minutes plus tôt, tandis que nous descendions l'escalier de notre immeuble je n'avais cessé de le détailler : c'était la première fois que je le voyais en costume. Ça ne lui allait pas du tout, on le sentait par son attitude, il n'arrêtait pas de tirer sur les manches de sa veste ; l'ensemble en velours violet qu'il portait, trop court et très étriqué, faisait ressortir ses fesses proéminentes, le pantalon ne tombait même pas sur ses chaussures vernies. On voyait ses chaussettes blanches avec le logo Adidas, mais on se retenait tous de rigoler pour ne pas s'attirer ses foudres. Il avait catégoriquement refusé de porter les vêtements de chez Connivences, arguant qu'un styliste congolais ne pourrait jamais l'habiller et qu'il était arrivé en France avant lui. Alors il avait préféré s'acheter son costume chez Tati, à Barbès, et ses chaussures chez Eram.

— Plutôt crever que porter ces couleurs de cirque de chez Connivences, avait-il répondu lorsque le reste de la tribu s'était étonné qu'il ait pu faire ses emplettes chez Tati et ramené des couleurs si proches de celles de Connivences.

Pendant ce temps Bonaventure était tout excité : il espérait, selon ses propres mots, « attraper du gibier sur place ».

— Les nanas, il y en aura partout ! Certaines viendront du pays, et ce sont les plus fragiles. Je vais attaquer dès que j'entrerai dans la salle. Et si possible, je les baiserai sur place !

Autrement dit ce n'était pas le mariage de ce couple qui l'intéressait, mais les femmes qui seraient présentes, célibataires ou mariées, cela lui importait peu.

Willy et Désiré portaient la même veste, mais de couleur différente. Tout au long de la soirée ils n'allaient pas se quitter, se rendant aux toilettes et au bar au même moment. Pedro allait finir par intervenir pour leur dire de se séparer un peu :

— Eh, Dupont et Dupond, on va finir par croire que vous sortez ensemble ! Séparez-vous un peu, ou alors allez danser un slow au milieu de la piste, merde !

Le costume trois pièces signé Jean-Paul Gaultier qu'arborait Pedro avait attiré l'attention de tout le monde. La chemise de satin métallisé lui donnait l'air d'un chanteur des années soixante-dix. Le gilet et le veston argentés contrastaient avec sa peau très noire. Ses chaussures Weston en anaconda scintillaient de loin. Malgré la crise que nous traversions, il avait dépensé une vraie fortune rue du Faubourg-Saint-Honoré.

Prosper, à mon avis, était le plus sobre de nous tous, avec son nœud papillon, sa chemise blanche et sa redingote noire. Le problème c'est qu'on risquait de le prendre pour un serveur.

Moi j'avais choisi un ensemble en lin blanc que m'avait prêté Pedro. Je flottais un peu à l'intérieur, mais au moins, pour une fois, ce n'était pas une couleur agressive.

Nous avions quitté la rue de Paradis vers onze heures du soir. Pour arriver à l'Espace Venise on était passés par la Porte de la Chapelle afin de rejoindre la nationale 1 et traverser Saint-Denis avant de déboucher à Pierrefitte, gagner Sarcelles et enfin atteindre la route de Groslay où se situait la réception. Pedro avait augmenté le volume de la musique, et la voix de Koffi Olomidé crevait mes tympans. Au moment où j'allais baisser le son – ce chanteur m'ennuyait et me rappelait Kathy la dragueuse – il m'avait fusillé du regard :

— Qu'est-ce que tu fais, José ? Je t'ai pas mis à l'avant pour gérer la musique ! Est-ce que tu sais que c'est Koffi Olomidé qui chante « Loi » ? Cet artiste est un virtuose ! C'est le meilleur de toute l'Afrique, et il te remplit Bercy ou le Stade de France sans même être invité chez Drucker ! Sardou, Johnny, Aznavour et compagnie, pour remplir ces salles, ils sont obligés de faire de la pub dans les stations de métro pendant deux ans, alors que pour Koffi c'est le bouche à oreille, juste deux ou trois mois avant ! Tu as vu ça où dans ce monde, hein ?

Il a poussé le volume. Le Vieux s'est réveillé en sursaut, tiré d'un cauchemar :

— Ça va couler ! Ça va couler ! Sortez-moi de ce bateau, il va bientôt couler comme le Titanic !

Pedro s'est retourné pour lui lancer :

— Vieux, arrête un peu de regarder des films américains !

Tout le monde a ri pendant que Le Vieux se frottait les yeux. Il a ouvert la vitre et a demandé :

— On n'est pas encore arrivés ? Pourquoi les Congolais font toujours leurs fêtes dans des coins perdus alors qu'il y a plein de salles à Paris ? C'est incroyable, ça ! Je commence à avoir mal au dos et aux pieds, moi !

*

La fête se déroulait dans une des deux grandes salles de l'Espace Venise. Toute la crème de la communauté congolaise de Paris était là, tirée à quatre épingles. Les Sapeurs rivalisaient de griffes de couturiers. Le célèbre Ben Mukasha – propriétaire d'un restaurant à Château Rouge – fumait un long cigare à l'entrée, près de Denis Pétrole qui cirait ses Weston en crocodile. On l'appelait Denis Pétrole parce que son père était un homme important au pays : il dirigeait la compagnie de pétrole basée dans notre capitale économique, Pointe-Noire. Ben Mukasha fut rejoint par une Blanche qui le dépassait de plusieurs têtes. J'avais l'impression de l'avoir déjà vue quelque part. Je ne me rappelais pas où jusqu'à ce que Pedro me souffle :

— Cherche pas longtemps, tu la connais. Je dirais même que tu la connais *profondément*…

— Non, je ne crois pas.

— Réveille-toi un peu, c'est Kathy la dragueuse, ta pouffiasse de la rue d'Oran. Qu'est-ce que je t'avais dit ? Tu vois qu'elle sort avec n'importe qui !

Elle était métamorphosée. Elle n'était plus blonde comme à l'époque où je l'avais rencontrée. Elle avait des cheveux d'un roux tellement vif qu'on la voyait arriver de loin, même dans la nuit.

— Y a plus de fausses blondes que de vraies dans ce monde. Ça c'est sa couleur d'origine, et je trouve que ça lui va mieux, murmura Pedro, tandis que la fille m'avait à peine regardé comme si elle ne m'avait jamais connu.

Djo Euro-Dollar – appelé surtout BNP Paribas – était grand, d'une allure imposante. Il était fier de lui et s'autoproclamait le « distributeur automatique de la communauté ». Malgré la crise du milieu, BNP Paribas se vantait d'avoir en permanence des liquidités. Il avait une cravate aussi courte que celle d'un clown.

C'était un vrai défilé de mode. Les gens affluaient, sortant des voitures en bandes de mecs ou avec leur femme. Ils s'embrassaient, rigolaient puis entraient dans la salle avec une démarche affectée pour s'attirer les regards. Costumes impeccables. Odeurs de parfums. Bouteilles de champagne. Flashes d'appareils photo.

À notre arrivée, Denis Pétrole et BNP Paribas se ruèrent sur Pedro.

— Pedro, tu as fait fort, mon gars ! C'est du Gaultier que tu portes ! lâcha, admiratif, BNP Paribas.

Flatté, Pedro se contenta d'un grand sourire et rajusta sa veste et son gilet.

Denis Pétrole était jaloux :

— Bof, moi le Gaultier c'est trop fou, je préfère Yves Saint Laurent. C'est tout ce que je porte depuis que je suis en France. Vous savez pourquoi ? C'est toujours à la mode, et c'est jamais égalé !

Kathy la dragueuse restait un peu à l'écart, une cigarette entre les lèvres tandis que Ben Mukasha s'était rapproché du petit groupe :

— Attendez, attendez ! Vous avez bien vu ma cravate ? Cerutti 1881 !

Nous sommes entrés dans la salle en file indienne pendant qu'un maître de cérémonie, tout à coup survolté, hurlait les noms de tous les Sapeurs dans un micro collé à sa bouche.

— Mesdames et messieurs, le moment est grave ! Saluons l'arrivée des plus grands Sapeurs de Paris ! Djo Euro-Dollar *alias* BNP Paribas, l'homme qui bande toujours fort, même lorsque le dollar et l'euro baissent ! Denis Pétrole *alias* Denis Baril de Pétrole, le grand Saoudien congolais ! Ben Mukasha, le seul et unique propriétaire du restaurant La Sapelogie, on y mange bien et on y emballe bien ! Pedro Allureux, l'intelligence de l'élégance, mais aussi l'élégance de l'intelligence ! Kathy la dragueuse, la plus élégante des Parisiennes !

*

Depuis mon arrivée en France, c'était la première fois que j'assistais au mariage d'un Congolais avec une Française. J'étais certes allé à plusieurs mariages, mais c'était souvent pour des unions entre Congolais, et j'en avais gardé de mauvais souvenirs. Ça finissait par des bagarres à coups de couteau derrière la salle des fêtes, un des invités ayant filé son numéro de téléphone à la femme d'un autre qui s'en était aperçu. Les affrontements se généralisaient jusqu'à l'arrivée des flics qui repartaient en maugréant qu'il s'agissait de nègreries dont ils n'avaient rien à foutre.

À l'Espace Venise tout semblait plutôt bien se passer. Il y avait un petit groupe de Blancs entourant le père et la mère de la mariée, venus de Pornic. Ils étaient dans un coin, comme perdus dans la brousse congolaise. Le père avait des allures de notaire dans son costume sombre, tandis que la mère, très agitée, avait tellement forcé sur le maquillage que, de loin, ses pommettes ressemblaient à de grosses tomates. À l'exception de ce coin, le reste de la salle était rempli de Noirs assis autour des tables et qui attendaient avec impatience l'apparition des mariés.

J'ai cherché en vain où se trouvaient les parents du mari. Pedro, qui n'arrêtait pas de téléphoner depuis que nous nous étions installés à quelques tables des Blancs, m'a dit :

— Il n'y aura personne de la famille d'Auguste Olembi.

Le maître de cérémonie faillit perdre sa voix à une heure du matin lorsqu'il annonça que les mariés allaient entrer dans la salle. Il hurla à la foule de laisser le passage. Des agents de sécurité durent intervenir pour cela. Le disc-jockey balança alors une rumba de Franco Luambo Makiadi. Auguste Olembi et Roselyne François apparurent enfin. Mon regard se porta sur la mariée habillée en rouge, les cheveux blonds tombant jusqu'aux épaules. Grande, mince, d'une beauté d'actrice de cinéma, je me demandais comment elle avait pu accepter de se marier avec cet Auguste Olembi, noir comme la nuit, chauve et bedonnant.

— Son père est ministre de l'Intérieur au Congo, c'est normal que la Française en profite ! Vous pensez qu'une Blanche normale peut épouser un type aussi vilain sans intérêt ? fit Bonaventure.

Auguste Olembi arrivait à peine aux épaules de Roselyne François, et quand il souriait son visage se figeait en une expression de douleur aiguë. L'amour est aveugle, m'étais-je dit. Le type était habillé d'un costume noir avec une cravate rouge comme s'il avait choisi cette couleur pour être en accord avec la robe de sa femme. Le couple avançait main dans la main sous les applaudissements de l'assistance pour gagner le centre de la piste au moment où le disc-jockey balançait la chanson « Liberté » de Franco.

Auguste Olembi enlaça son épouse, ils dansèrent au ralenti, les yeux fermés. Je ne voyais plus Pedro autour de la table. Je le cherchai du regard dans la foule, il n'était nulle part. J'aperçus au fond de la salle la signalisation des toilettes. Je me suis levé sous le regard ébahi de Bonaventure.

— Tu vas où ? Tu ne vois pas que les mariés sont sur la piste ?

Sans lui répondre, je suis passé derrière la foule. Je me suis retrouvé devant les toilettes. Il y avait deux portes, j'ai poussé l'une d'elles et ai entendu Pedro au téléphone dans la cabine voisine.

Je suis sorti sur la pointe des pieds et quand je suis revenu à table, alors que les invités avaient envahi la piste, Le Vieux m'a apostrophé :

— Tu foutais quoi dans les toilettes ? Où est Pedro ?

— Je suis là, allez tous sur la piste ! fit Pedro qui venait juste d'arriver derrière moi, son téléphone à la main.

L'ambiance était à son comble. Je ne sais pas comment je me suis retrouvé à quelques mètres de Kathy la dragueuse qui me regardait depuis un moment et qui me faisait des clins d'œil. Son homme était en train de draguer une compatriote dont la perruque orange brillait sous les lumières.

Kathy la dragueuse m'a soufflé à l'oreille :

— Rejoins-moi dans les toilettes des filles, ça fait longtemps que j'ai pas hurlé dans tes bras…

J'ai regardé autour de moi. Pedro se tenait près de l'entrée, le téléphone portable accroché à son oreille. Le reste de la tribu du Paradis s'était éparpillée sur la piste. Bonaventure avait trouvé une grosse aux cheveux gris qu'il avait du mal à enlacer. Elle aurait pu être sa mère. Il cherchait à l'embrasser sur la bouche, mais la femme le repoussait ; ils allaient ainsi d'un bout à l'autre de la piste.

Kathy la dragueuse a fendu la foule et s'est orientée vers les toilettes. J'ai attendu une minute avant de la suivre. Une des portes s'est entrouverte. Je suis entré et ai trouvé Kathy la dragueuse assise sur le bidet en train de fumer un joint, la robe remontée jusqu'aux reins.

— Ferme cette porte, a-t-elle fait en me passant le joint.

Pendant que je tirais une taffe, elle a dit :

— Qu'est-ce qu'il a contre moi, ton mentor ?

— Quel mentor ?

— Tu as combien de mentors ? Je te parle de Pedro ! Qu'est-ce qu'il me veut, lui ? C'est de moi qu'il parle comme ça au téléphone ? Y a quoi ? C'est parce que j'ai baisé avec toi, hein ? S'il me cherche il va me trouver !

— Il a quand même le droit de téléphoner, non ?

— Toi tu es naïf ! Ça se voit, et tu vas te faire bouffer dans ce milieu ! Je les connais mieux que toi, crois-moi.

— Il t'a téléphoné ?

— J'ai eu dix appels en absence sur mon portable, et

c'est son numéro qui était affiché ! On est au mariage d'une de mes potes et lui il n'arrête pas de me téléphoner et de me reluquer. Ça veut dire quoi ? Il m'a toujours prise pour une pute, mais il se trompe : je ne baise que si je le veux, ce qui n'est pas le cas d'une pute qui ne baise que s'il y a de l'argent !

— Je crois que là tu exagères puisque…

— Arrête donc de le défendre, tu ne sais pas qui il est ! Quand est-ce que tu vas ouvrir les yeux ? Tu as arrêté de me voir parce qu'il l'a exigé. Est-ce que tu t'es au moins demandé si moi aussi j'avais des sentiments, si je pouvais t'aimer, ce qui est le cas, hein ? Il n'a pas arrêté de me prendre la tête avec ça, de me menacer nuit et jour, de se pointer en bas de mon immeuble alors que moi je ne veux plus coucher avec lui, tu trouves ça normal ? Je ne l'aime pas ! Je le déteste, c'est l'homme que je déteste le plus au monde. C'est un manipulateur et…

— Je crois que je dois partir parce que là…

— Tu ne bougeras pas de là !

— Écoute Kathy, tu as un mec avec qui tu es venue, alors occupe-toi déjà de lui.

— Ben Mukasha n'est pas mon mec ! Tu m'as vue, moi, sortir avec lui ? Pedro sait que je t'ai invité aux toilettes. Je l'ai d'ailleurs fait exprès pour l'emmerder. Maintenant je veux que tu me baises comme il faut, que je hurle très fort comme la fois dernière et qu'il vienne nous surprendre. Allez, prends-moi !

Elle a ôté son string rouge et l'a jeté par terre. Malgré mon excitation, j'ai ouvert violemment la porte pendant qu'elle s'époumonait :

— José, reviens ici ! Je t'aime, José ! Viens me baiser ! Où vas-tu ?

En sortant des toilettes, je suis tombé sur Pedro. Il avait le visage fermé :

— C'est ce que tu voulais, hein ? Tu l'as bien baisée, cette fausse blonde redevenue rousse ? Quelle pétasse, elle alors !

Kathy la dragueuse est venue vers nous. Elle nous a dépassés, les cheveux bien ébouriffés, comme pour faire comprendre à Pedro que quelque chose s'était passé entre elle et moi. Elle est allée prendre son sac à main et on l'a vue s'orienter vers la sortie.

— Qu'elle s'en aille ! a maugréé Pedro qui ne m'a plus parlé sur le chemin du retour.

Je me souviens qu'avant de quitter la salle Pedro est allé saluer Auguste Olembi. Ils ont discuté pendant quelques minutes. Roselyne François les a rejoints, et j'ai vu Pedro lui tendre une enveloppe. C'était le cadeau de mariage. J'ignore combien d'argent il avait donné, mais l'enveloppe semblait bien grosse…

Comme pour me punir Pedro me demanda de me mettre à l'arrière de la voiture. J'étais remplacé par un Bonaventure si heureux qu'il n'arrêta pas de chanter jusqu'à ce que nous arrivions rue de Paradis.

L'Ambassade

L'Ambassade est le seul restaurant au monde que je n'oublierai pas, jusqu'à ma mort. Situé dans le 18ᵉ arrondissement, non loin du métro Marx Dormoy et à quelques pas du croisement de la rue Riquet et de la rue Philippe-de-Girard, il est tenu par celle qui se fait appeler avec déférence « Mama La Patronne », une Congolaise de la République démocratique du Congo, assise en permanence devant sa caisse. Parfois on a l'impression qu'elle s'endort, la main posée sur cette caisse, mais dès que le jeune serveur passe devant le comptoir, elle se réveille en sursaut et hurle :

— Tu fais quoi devant ma caisse ? Tu voulais me voler, c'est ça ?

Le pauvre serveur, un cousin qu'elle a fait venir du pays, s'excuse :

— Mama La Patronne, pardon, pardon vraiment, moi je ne fais que passer pour prendre les verres qui sont juste derrière toi. Est-ce que je suis un idiot pour voler ce qui appartient à la famille ?

— Oui, les voleurs ils racontent tous ça ! Et puis j'ai déjà dit mille fois que personne ne doit venir trop près de ma caisse ! Si tu as besoin de verres, tu me les demandes ! C'est compris ou pas ?

— C'est compris, Mama La Patronne...

— Allez, va prendre les verres derrière moi, et si tu en casses un seul, je bloque ton salaire pendant trois mois et demi !

Il n'y a qu'une dizaine de tables, mais les gens se serrent, surtout dans la soirée, et on arrive tous à se placer. L'établissement est réputé servir une cuisine congolaise qui dépasse de loin la concurrence. D'après la plupart des clients, ceux qui préfèrent les restaurants de Château Rouge n'ont sans doute jamais mis les pieds chez Mama La Patronne. Peut-être aussi que leurs réticences sont d'ordre politique. En effet, à L'Ambassade, dès qu'on entre, on tombe sur des portraits de l'ancien dictateur du Zaïre, Mobutu Sese Seko, ce qui laisse penser que Mama La Patronne est une nostalgique de cette époque où le peuple zaïrois subissait l'une des plus sanglantes dictatures du continent africain. Elle peste le plus souvent contre les mœurs de son pays :

— D'ailleurs, pourquoi le nom Zaïre a été remplacé par République démocratique du Congo, hein ? Ils disent tous RDC maintenant ! C'est ridicule ! En France RDC signifie rez-de-chaussée ! Oui, notre pays n'est plus que le rez-de-chaussée de l'Afrique ! Avec le maréchal Mobutu on n'avait pas la pagaille qu'il y a maintenant là-bas ! C'était l'ordre, le respect et la dignité ! Mais aujourd'hui qu'est-ce qu'il y a au pays, hein ? Des minettes qui portent des jupes tellement courtes qu'on voit leur *chose-là.* Est-ce que ça c'est normal ? Du temps du maréchal Mobutu ça ne se serait pas passé comme ça ! Ces filles, on les aurait envoyées tout droit en prison ! Le nouveau président-là qu'on appelle Kabila, est-ce qu'il est congolais, lui, hein ? C'est un type qui est venu du Rwanda, c'est tout ! Donc pour moi, c'est pas lui notre président, c'est toujours Mobutu, même s'il est mort !

Beaucoup prétendent que L'Ambassade serait financé par une poignée d'anciens mobutistes qui ne sauraient plus comment dépenser la fortune volée à l'État pendant des décennies. Des insinuations que Mama La Patronne, enragée comme une tigresse qui protège son petit, balaye d'un revers de main. Elle crie à la jalousie de ces restaurants de Château Rouge qui lui envient sa position stratégique loin de ce qu'elle qualifie de ghetto congolais. Elle se vante d'accueillir des gens « bien », des « fonctionnaires » et des « responsables africains ». Et lorsqu'on la titille trop longtemps, elle sort un vieil album photo, montre les différentes personnalités qui ont déjà mangé chez elle et qui ont écrit dans un livre d'or des témoignages dithyrambiques sur la maison, sa propriétaire et la qualité de la cuisine. Et elle lance, convaincue d'avoir sorti l'artillerie lourde :

— Est-ce que c'est dans vos restaurants de Château Rouge que ces gens très importants iraient manger, hein ? Non ! Ici il n'y a pas de voyous et de bavards qui ne viennent boire qu'une seule bière 1664 pendant une demi-journée ! Et puis, on mange bien chez moi comme au pays. Mes produits sont frais, je n'ai jamais rien mis au congélo comme chez mes concurrents !

Toujours est-il que les images du régime de l'ancien guide suprême du Zaïre contrastent avec les tables et les chaises qui rappellent plutôt une décoration proche des restaurants asiatiques. En somme, rien n'évoque l'Afrique dans cet établissement, en dehors de la nourriture, du serveur et de la clientèle des deux Congo.

Celui qui vient pour la première fois posera forcément ses yeux sur les deux petits poissons rouges si tristes, qui tuent leur solitude en tournant en rond dans un aquarium exigu près de la caisse. En levant la tête, il verra aussi un ventilateur accroché au plafond tourner au ralenti. C'est ainsi que Mama La Patronne espère traquer les mouches qui se hasardent sur les tables et prennent d'assaut les verres de bière. De temps à autre, presque anxieuse, la propriétaire va vers la porte, regarde en direction de la station Marx Dormoy, vérifie l'heure sur sa montre comme pour s'assurer que la clientèle finira par arriver, que ce n'est qu'une question de minutes, voire de secondes.

— Y a pas de grève aujourd'hui, normalement les gens devraient venir !

Puis elle regagne le comptoir, rouvre sa caisse et recompte pour la énième fois la recette en jetant un regard sanguin vers le serveur.

C'est dans ce restaurant que le vendredi 13, vers treize heures, je suis venu rejoindre Pedro et son type très important arrivé tout droit de Brazzaville. Dès la fin de la matinée, alors que les autres membres de la tribu du Paradis étaient sortis, Pedro m'avait donné des consignes précises :

— Moi j'arriverai en premier, on a des choses à régler avant, lui et moi, toi tu te pointeras une heure après. Pas de retard, c'est pas un rendez-vous de merde comme ceux qu'on a souvent. N'oublie pas : cravate bien nouée, démarche bien fière. Faut pas que le type sente qu'on est des petits cons, je veux pas qu'il change d'idée à la dernière minute.

Je m'attendais à ce qu'il soit aussi endimanché que moi. Ce n'était pas le cas. Certes, il avait mis une petite veste avec une chemise blanche, mais sans cravate. Avant de quitter le studio, il avait sorti une veste Barbour de sa malle. Pour moi, ce vêtement était destiné à la chasse avec ses grosses poches extérieures et intérieures. Comme la veste était toute neuve, je me suis dit que c'était une commande du type très important venu tout droit de Brazzaville. Sans doute pour des parties de chasse au pays.

— José, ne me déçois pas à L'Ambassade. Ne parle pas trop, tu réponds au type par oui ou non, et si tu es en difficulté je parlerai à ta place. Moi-même, tu verras, je ne serai pas bavard. Il faut le laisser croire qu'il est très important, que c'est lui qui commande tout. Ne parle pas d'argent avec lui, lui non plus ne t'en parlera pas. Ça c'est entre lui et moi. Il me paye, moi je te paye après…

Avant de sortir, il est resté quelques secondes devant la porte comme pour vérifier qu'il n'avait rien oublié. Puis il a claqué la porte derrière lui. Je l'ai entendu descendre l'escalier.

J'ai pris une serviette, un rasoir et de la mousse à raser et ai emprunté le couloir du palier pour aller me doucher. Pendant que je me rasais, je ne cessais de me demander quelle serait mon attitude face à ce type. Je serais comme je suis d'ordinaire : calme et serein. Je ne poserais pas de question. Je me contenterais de hocher la tête, de sourire, mais pas d'éclater de rire si par hasard le type avait le sens de l'humour.

En sortant des toilettes, j'ai aperçu notre voisin qui pue l'oignon. Il descendait l'escalier en charentaises. Il allait sans doute chez le Pakistanais d'en face acheter quelque chose car je ne voyais pas quelqu'un traverser Paris en charentaises.

Il m'a dit bonjour, j'ai à peine répondu. Je n'ai jamais aimé sa manière de saluer avec un de ces sourires qui semblent vous juger. L'air de quelqu'un qui vous demande :

— Ça se passe bien dans votre petite porcherie africaine ?

Vers onze heures et demie, j'ai sorti de ma malle le costume vert électrique. Je l'ai étalé sur le matelas et, au fond de moi, je me suis dit :

— Comment vais-je porter un truc comme ça en plein jour à Paris ?

J'ai commencé par mettre une chemise blanche, j'ai noué la cravate bordeaux autour du cou alors que j'étais encore en slip. J'ai enfilé par la suite le pantalon et des chaussettes vert olive. J'ai retiré les Weston bordeaux du fond de la malle. Elles étaient encore neuves et me serraient. Lorsque j'ai enfin mis la veste j'ai eu l'impression que le costume éclairait tout le studio. Non, je n'allais pas porter ça. Et si je changeais de tenue ? Et si je mettais l'ensemble en lin que j'avais porté quelques jours plus tôt au mariage d'Auguste Olembi et Roselyne François à l'Espace Venise ? Non, Pedro ne me le pardonnerait pas. Il aurait l'impression que je l'avais trahi.

Le temps passait vite. Il était midi et j'étais censé arriver à treize heures. J'ai fermé la fenêtre et j'ai pris les clés sur le frigidaire.

Avant de sortir, j'ai fait comme Pedro : je suis

resté quelques secondes devant la porte comme si je vérifiais que je n'avais rien oublié.

J'ai claqué la porte derrière moi en priant pour ne pas croiser le voisin qui pue l'oignon. Ma prière a été exaucée.

Si dans la rue je marchais la tête basse, c'est que je sentais les regards sur moi ; sur le trottoir, les gens s'écartaient comme s'ils avaient peur que je ne les morde.

Au métro Cadet j'ai sauté le tourniquet. La guichetière m'a regardé fixement, d'un air qui me disait que ce n'était pas parce que je n'avais pas de ticket, mais parce que je portais un costume d'une couleur très excentrique à ses yeux.

Le parcours que j'avais à suivre était des plus compliqués depuis la station Cadet. D'abord, de Cadet, il me fallait aller jusqu'à Gare de l'Est, prendre ensuite la ligne 5 en direction de Bobigny-Pablo Picasso jusqu'à Gare du Nord, puis la ligne 4 en direction de la Porte de Clignancourt jusqu'à Marcadet-Poissonniers, et la ligne 12 en direction de Porte de la Chapelle pour arriver enfin au métro Marx Dormoy.

Cela me prendrait plus d'une demi-heure.

Dans la rame je ne regardais personne, mais je savais que tout le monde me dévisageait. Lorsque quelqu'un s'asseyait près de moi, il restait si immobile que j'avais envie de pouffer de rire. Un vieux monsieur est monté à Barbès-Rochechouart. Bien habillé, costume beige, feutre sur la tête, il s'est assis à côté de moi, m'a observé pendant quelques secondes avant de me complimenter en se découvrant :

— Monsieur, chapeau ! Si c'est pas ça l'élégance, alors je ne sais plus ce que c'est !

Je l'ai remercié avec mon sourire le plus large.

Encouragé par mon attitude, il a baissé la voix pour entamer une conversation qu'il ne souhaitait pas que les autres usagers entendent :

— Vous savez, monsieur, moi j'aimerais vraiment porter une couleur pareille, mais à mon avis ça va mieux à des gens comme vous… Enfin, je veux dire, des gens qui viennent des pays du soleil. Nous autres, on est trop pâles, on ne peut pas se permettre de prendre des risques de ce genre.

J'ai remué la tête en signe d'approbation. Comme il a compris que je ne dirais rien de plus, il a sorti un journal qu'il avait plié dans la poche de sa veste. Il s'est plongé dans la lecture, s'interrompant par moments pour regarder les gens qui montaient ou qui parlaient trop fort.

Quand je suis descendu à Marcadet-Poissonniers pour la correspondance, il m'a lancé :

— Chapeau encore, monsieur ! Chapeau vraiment !

Il y a eu des éclats de rire dans la voiture…

*

Je suis arrivé au métro Marx Dormoy avec une bonne vingtaine de minutes d'avance. Je me suis installé à la terrasse du Roi du café. J'ai commandé un diabolo menthe. Le serveur a eu un sourire dont je n'ai compris le sens que lorsqu'il eut déposé la boisson sur la table : elle avait la même couleur que mon costume. J'ai vite avalé mon diabolo afin de ne pas paraître ridicule aux yeux des clients qui affluaient.

Je tuais le temps en regardant passer les gens qui entraient dans la station de métro, en particulier les filles qui, en cette période estivale, s'étaient tellement découvertes que des pensées indécentes trottaient dans ma tête. Instinctivement, je comptais le nombre de passants sans avoir l'utilité d'une telle entreprise. Mais quand on tue le temps, tout est bon. Oui, je montrais de plus en plus de signes d'impatience. Je remuais avec frénésie mes jambes, je me passais une main sur le visage, puis je relevais la manche de ma veste pour regarder l'heure qui semblait ne plus avancer.

À 12 h 55 j'ai payé l'addition. Je me suis levé et me suis étiré. J'ai rajusté ma veste et ma cravate avant de traverser la rue Riquet pour tomber sur la rue Philippe-de-Girard. L'Ambassade n'était plus qu'à deux pas.

Le restaurant était presque vide. Il n'y avait que Pedro et cet inconnu qui est resté tétanisé dès qu'il m'a vu entrer. Le serveur tournait en rond dans la salle.

Au moment où j'allais vers Pedro et l'inconnu de Brazzaville, Mama La Patronne a engueulé son employé :

— Tu fous quoi à tourner en rond comme ça, hein ? Tu peux pas aller voir devant la porte si les clients sortent du métro et cherchent l'adresse du restaurant ? Tu n'as même pas vu venir ce beau monsieur en costume de mamba vert !

Le serveur est allé vers la porte, l'a ouverte pour guetter dans la rue pendant que je m'installais sur une chaise que Pedro m'avait désignée, juste en face de l'inconnu. C'était un petit homme habillé en costume sombre avec des lunettes fines. Pedro, lui, portait sa veste Barbour.

— Voilà, c'est José, mon beau-frère…

— Il a de la classe ! a répondu l'homme.

C'était la première fois que Pedro me faisait passer pour son beau-frère. Cela m'a fait un drôle d'effet, mais j'ai masqué mon étonnement. Le type important m'a tendu la main :

— Gaspard Bimpounou…

— José Montfort.

Comme Mama La Patronne semblait tendre l'oreille depuis que j'étais arrivé, Gaspard Bimpounou a ajouté, en regardant vers elle :

— Je suis le responsable de la Sotexco, vous savez, la Société de textile du Congo. Je suis venu à Paris pour étudier les possibilités de varier nos activités. On pense notamment à l'ouverture de magasins de mode à Brazzaville avec l'utilisation de nos propres tissus pour couper un peu notre dépendance vis-à-vis de l'Europe sur le plan vestimentaire. Et comme Pedro est un des Sapeurs les plus respectés de Paris, comment pouvais-je ne pas le consulter ?

Il s'est tourné vers Pedro, qui a acquiescé.

Tout cela me semblait faux et déplacé, puisque Gaspard Bimpounou ne cessait de jeter un œil vers la patronne avant de me parler. Celle-ci, ayant compris qu'elle gênait, a pris sa caisse et a disparu par une porte, derrière son comptoir. Tout d'un coup, le discours de Gaspard Bimpounou a changé :

— Bon, je vais aller droit au but, José. Pedro vous tiendra au courant de ce dont on a discuté. Je suis d'accord sur le montant global que j'ai d'ailleurs remis à votre beau-frère, vous vous arrangerez entre vous comme des grands. Je voudrais qu'à votre tour vous me signiez ceci.

Il m'a tendu un papier. Au moment où je voulais lire ce qui était écrit à la main, Pedro est intervenu :

— On t'a dit de signer, pas de lire…

J'ai signé avec le stylo que Gaspard Bimpounou a posé sur la table. Il a repris le document, affichant une satisfaction que je ne m'expliquais pas.

— Monsieur Montfort, je vous fais confiance à vous parce que non seulement j'ai l'assurance de Pedro, mais vous êtes aussi son parent par alliance. C'est une affaire de famille, et c'est mieux pour tout le monde. Peut-être avez-vous une question ?

Sous la table, Pedro m'a écrasé le pied, j'ai réussi à répondre en contenant un cri de douleur :

— Non… pas… pas de question.

Il a ôté ses lunettes, a soufflé dessus avant de sortir un mouchoir de sa poche et d'essuyer les verres :

— Parfait, c'est très bien comme ça. Maintenant, monsieur Montfort, si vous voulez bien grignoter quelque chose, nous on a déjà commencé depuis midi, et on est presque à la fin…

J'ai commandé un bouillon de poissons malangwa avec du manioc. Je ne sais pas, mais ce type me donnait envie de manger du manioc. Tout simplement parce que derrière ce masque d'homme d'affaires qu'il affichait, pour moi il n'était qu'un paysan d'une de nos régions. De temps à autre, il oubliait son obséquiosité, se grattait avec son auriculaire qu'il s'enfonçait dans l'oreille puis se raclait la gorge, émettant des bruits gutturaux qui m'indisposaient. Sa facilité à changer de conversation dès que Mama La Patronne arrivait me subjuguait. C'était le genre à faire passer le mensonge pour une vérité éternelle.

Pedro s'est levé pour aller aux toilettes. Mama La Patronne a rejoint son comptoir. Le serveur a posé devant moi une Pelforth sans que je l'aie commandée. Comme je ne voulais pas le contredire et le mettre en mauvaise situation devant sa patronne, je n'ai rien dit. Mais Gaspard Bimpounou a semblé lire dans mes pensées puisqu'il a aussitôt précisé :

— En fait, c'est moi qui ai commandé ça, mais vous pouvez la boire…

Je n'avais rien à dire à ce monsieur, le temps me paraissait long depuis que Pedro était dans les toilettes.

Gaspard Bimpounou voulait meubler ce silence qui s'était installé entre nous deux :

— Le papier que vous avez signé n'est qu'une formalité, moi aussi j'ai des comptes à rendre, et dans certains cas l'écrit est plus respecté que la parole, même si nous sommes des Africains et que les Blancs s'imaginent que chez nous tout est parole. D'après ce que j'ai compris, vous travaillez souvent ensemble tous les deux, c'est bien ça ?

J'ai fait oui de la tête.

— Et naturellement, vous vous connaissez depuis le pays ?

J'ai encore fait oui de la tête.

— Dites donc, José, vous n'êtes pas très bavard ! Pedro avait raison, il m'a dit que c'était plus facile de discuter avec un cimetière qu'avec vous. C'est parfait, c'est très bien comme ça…

Il y avait toujours dans ses propos la formule : « C'est parfait, c'est très bien comme ça. » C'est tout ce que j'ai retenu de ce qu'il racontait. Il m'a parlé de textile au Congo – tout en ne quittant pas du regard Mama La Patronne –, puis il m'a demandé :

— Vous avez déjà fait ce genre de travail avant, je suppose ?

J'allais lui demander quel type de travail, mais j'ai entendu un toussotement derrière moi. C'était Pedro qui revenait, et dès qu'il s'est installé, Gaspard Bimpounou a dit :

— Tu avais raison Pedro, il n'a rien dit, ton beau-frère, pas un seul mot ! Il me plaît. Il me plaît vraiment. C'est parfait, c'est très bien comme ça… Moi je vais m'éclipser.

Pedro s'est levé. C'était la première fois que je le voyais aussi silencieux, respectueux et obéissant devant quelqu'un. À croire que cet homme avait une emprise sur lui.

— Laissez-nous vous offrir le repas, a suggéré Pedro.

— Pas question, vous êtes mes invités. Mais si vous venez un jour à Brazza, là c'est moi qui serai votre invité ! Ha ! Ha ! Ha !

Il s'est levé, est allé vers Mama la Patronne et lui a tendu une enveloppe :

— Voilà, Mama La Patronne, mes petits frères vont rester encore un moment ici. Gardez la monnaie, moi je dois filer, j'ai une réunion à l'hôtel George V avec des investisseurs français, vous savez que les Blancs n'aiment pas le retard et que nous autres on a la réputation d'être à l'heure.

Mama La Patronne a failli avaler sa langue en ouvrant l'enveloppe :

— Mais attendez, y a beaucoup trop d'argent là-dedans ! Y a cinq cents euros, votre facture c'est à peine cent vingt euros ! Est-ce que vous êtes un homme important, monsieur ?

— Oh, n'exagérons pas madame…

— Ne bougez pas, attendez une minute.

Elle a hélé son serveur qui est venu en courant. Elle lui a tendu un appareil photo et s'est retournée vers Gaspard Bimpounou :

— Monsieur, on va prendre une photo ensemble, vous et moi, pour…

— Non, je m'excuse, vraiment.

— Mais pourquoi ? C'est une photo pour que les gens voient que ce restaurant c'est pas un de ces bouis-bouis de Château Rouge qui…

— Désolé, madame, pas de photo, vous savez, c'est à cause de mes croyances qui…

— Ah je vois ! C'est vrai que dans certaines ethnies de nos deux Congo, il y a des gens qui croient que si on les prend en photo leur âme disparaîtra et ne retrouvera jamais le paradis ! Vous êtes donc d'une de ces ethnies, vous aussi ?

— Exactement !

— Bon mais vous pouvez au moins signer mon livre d'or ?

— Ah ça, oui, pas de problème, je vais marquer un mot dans votre livre d'or, surtout que j'ai bien apprécié la cuisine et l'accueil !

— Vous savez, c'est seulement pour faire taire les commerçants de Château Rouge qui me cherchent des noises. Eux ils croient qu'on joue dans la même division, or c'est pas vrai !

Elle a ouvert un vieux livre d'or sur le comptoir. Gaspard Bimpounou a pris un stylo. Au moment où il allait écrire quelque chose, Mama La Patronne a attrapé sa main :

— Non ! Attendez, c'est moi qui vais vous dire ce qu'il faut écrire.

— Ah bon ?

— Oui.

Elle a fouillé dans sa caisse et a sorti un bout de papier froissé qu'elle a déplié, puis posé près du livre d'or :

— C'est ce qui est écrit là que vous allez recopier.

Gaspard Bimpounou a ajusté ses lunettes et a lu à haute voix :

— « En ce samedi 18 mars j'ai mangé à L'Ambassade. C'est le meilleur restaurant africain à Paris, toutes catégories confondues. Même les Blancs viennent manger ici et sont satisfaits et reviennent avec des groupes d'autres Blancs si bien que le restaurant est parfois rempli de Blancs. Bonne cuisine, bon accueil grâce à l'inégalable Mama La Patronne, toujours imitée mais jamais égalée. »

Contenant un fou rire, Gaspard Bimpounou a feuilleté quelques pages du livre d'or avant de souligner :

— Mais madame, je rêve ou quoi : tout le monde a écrit la même chose dans ce livre d'or !

— Oui, mais ils ne l'ont pas écrit le même jour ! C'est ça la différence ! Faites comme tout le monde, changez seulement la date…

Elle s'est adressée à son serveur :

— D'ailleurs, quel jour on est, petit ?

Le serveur a aboyé :

— Aujourd'hui nous sommes vendredi 13, et à ma montre il est bientôt…

— Ça va, je t'ai pas demandé l'heure, j'ai une montre moi aussi ! Va débarrasser l'assiette de monsieur !

Puis, se retournant vers Gaspard Bimpounou, elle a fait :

— Voilà, recopiez-moi ce qui est écrit sur ce bout de papier et mettez la date d'aujourd'hui à la place du 18 mars.

— Bon, c'est parfait, c'est très bien comme ça...

Gaspard Bimpounou est revenu vers nous. C'est là que j'ai vu la grosse mallette noire qu'il avait rangée sous la table. Elle semblait légère puisqu'il l'a soulevée avec son index.

Il m'a serré la main ; Pedro, qui s'était assis entretemps, s'est relevé pour le raccompagner.

Devant la porte, Gaspard Bimpounou m'a regardé une dernière fois et a salué Mama La Patronne :

— C'était vraiment bon, Mama La Patronne !

— Vous n'avez encore rien vu, revenez ce soir, il y aura de la viande d'antilope qui vient du pays !

Les deux hommes avaient déjà disparu.

Pedro est revenu une dizaine de minutes plus tard.

— Bon, dès que tu as fini on y va...

Il s'exprimait sur un ton martial. J'ai pris cela pour un ordre et j'ai avalé mon plat de malangwa pendant qu'il restait debout et multipliait les signes d'impatience.

J'avais à peine fini qu'il était déjà devant la porte sous les yeux ébahis de Mama La Patronne qui, sans doute, espérait un autre pourboire.

— On lui laisse quelque chose ? ai-je suggéré.

— Non, elle a eu le magot, c'est suffisant pour qu'elle paye l'eau et l'électricité ou le salaire de son cousin !

Il a regardé son téléphone portable :

— C'est bon, on a le feu vert, le message est arrivé.

*

On a traîné un peu dans la rue Philippe-de-Girard, Pedro avait toujours l'œil rivé sur son téléphone. Dès que celui-ci bipait, Pedro envoyait un SMS en me tournant le dos, comme si j'allais me permettre de lire sur l'écran sans sa permission.

Il était presque seize heures trente lorsqu'on a pris la rue Riquet. On est passés devant le marché de l'Olive qui grouillait encore de monde en cette fin d'après-midi. J'avais oublié que je portais un costume voyant. Les regards des passants me l'ont vite rappelé.

Pedro a senti mon embarras :

— T'occupe pas, c'est des cons. Depuis quand les Français sont des Sapeurs ?

Nous marchions en silence. Comme je traînais le pas derrière lui, il s'est retourné :

— Tu as un problème ? Je sais que tu te demandes ce qu'on va faire et, accessoirement, ce que tu dois faire...

— C'est un peu normal, non ? J'ai vu le type important, il ne m'a rien dit d'important, toi non plus. Me voilà qui marche comme un mouton et...

— Fais-moi confiance un moment... Je t'ai un peu brossé la situation il y a quelques jours. Toi, tu ne feras rien, tu vas m'attendre en bas d'un immeuble qui est au 10 de la rue du Canada, à deux pas d'ici. Il y a dans ce bâtiment quelqu'un qui embête le chef de Gaspard Bimpounou que tu as rencontré, et ce chef n'est pas du tout content depuis Brazzaville. Je vais faire peur à cette personne comme on a fait peur à Mesmin qui me devait de l'argent.

— Et comment tu vas lui faire peur ? Tu n'as rien avec toi !

Il a pris ma main et l'a passée dans son dos, sous sa veste Barbour, au niveau de la ceinture. J'ai senti le manche d'un couteau, j'ai reculé de deux pas.

— C'est un couteau !

— Non, c'est un poignard, nuance…

Il a lu l'inquiétude dans mon regard. Je l'ai vu sourire, satisfait de l'effet qu'il venait de produire :

— Tu vois, même toi tu as eu peur, imagine alors l'autre là-haut ! Je ne l'utiliserai pas, c'est juste pour intimider, c'est tout.

— Et moi alors ?

— C'est simple : si je ne redescends pas dans les dix minutes qui suivent mon entrée dans l'immeuble, tu montes. Mais toutes les précautions ont été prises, le chemin a bien été balisé.

— Je monte à quel étage ?

— Cinquième, porte gauche.

Il a fouillé dans une poche de son pantalon et a sorti un bout de papier :

— Voici le code de l'immeuble.

— Mais y a quand même un petit détail…

— Quel petit détail, encore ?

— Moi je n'ai pas de couteau comme toi.

— Je t'ai déjà dit que c'est pas un couteau, c'est un poignard !

— Je n'ai pas de poignard…

— Tu n'en auras pas besoin. Et même si tu me rejoignais plus tard, deux hommes sont plus forts qu'un seul avec un poignard. Disons que tu es mon deuxième poignard…

— Il y a donc un troisième, un quatrième, un cinquième…

— On y va, on est dans les temps !

Mourir pour renaître

Depuis mon accrochage avec le Malien Yoro à La Petite Kabylie, je ne me sentais plus en sécurité à L'Amandier. Il me fallait quitter cet hôtel coûte que coûte. Ce n'était qu'une question d'heures. J'avais fini de ranger mes affaires, et il était quatorze heures. J'ai décidé de dormir un peu et de ne me réveiller que vers dix-huit heures. À l'accueil, avant de remonter dans la chambre, j'avais payé une autre semaine d'avance. Une façon de brouiller les pistes, même si je devais partir. J'avais laissé entendre que je serais en déplacement pendant vingt-quatre heures et que je ne souhaitais pas, lors de mon retour très tardif dans la nuit, avoir à rechercher une chambre dans le quartier. Le Maghrébin chauve et bedonnant a failli m'embrasser lorsque je lui ai filé vingt euros de pourboire.

— C'est votre maison ici, monsieur Makambo ! Votre chambre vous attendra après-demain. Je vais d'ailleurs ajouter des serviettes !

La nuit tombant très tard en été, j'avais prévu de ne mettre les pieds dehors qu'à partir de vingt et une heures ou vingt-deux heures puis de prendre le dernier train pour Nantes.

Je m'étais étendu sur le lit, la télévision allumée. On n'avait pas parlé de l'affaire de la rue du Canada aux informations de treize heures. Je m'étais donc endormi jusqu'au moment où j'ai été réveillé par la sonnerie du téléphone. Jamais il n'avait sonné depuis que j'étais là. J'ai paniqué, ne sachant s'il fallait ou pas décrocher. Instinctivement j'ai couru vers la fenêtre, or elle ne donnait pas sur la rue, mais sur la cour intérieure qui était d'un calme inquiétant. À ma montre, il était seize heures. Le téléphone retentissait toujours. Je me suis approché de l'appareil. Au moment où j'ai tendu la main pour décrocher, il s'est arrêté de sonner.

Une minute plus tard, la sonnerie a repris. Cette fois-ci j'ai répondu. C'était le Maghrébin de l'accueil :

— Monsieur Makambo, on vous attend en bas...

Je n'avais plus le choix. Par où pouvais-je sortir sans passer par l'accueil ? Je ne voyais pas. J'ai quitté la chambre les jambes flageolantes. Le couloir à moitié sombre semblait déboucher sur une impasse. Cette impasse qui allait boucler ma fuite. Cette impasse que je redoutais tant, mais sans avoir les moyens de la contourner. Je descendais l'escalier tel un pantin, ou une bête résignée qui allait à l'abattoir de son plein gré.

Lorsque je suis arrivé à l'accueil, je suis resté figé comme une statue de sel. J'aurais tout imaginé, sauf la présence de Shaft dans ce lieu. Il était debout près de la porte et me demandait de le suivre dehors. J'ai d'abord trouvé cette idée suspecte. Si elle cachait un traquenard ? Et puis, je me suis laissé aller. J'ai rejoint Shaft, et nous avons traversé la rue de Paris.

— On va où ? me suis-je alarmé.

— Chez Harran…

— Harran ? C'est qui ?

— Un restaurant kurde près du métro Robespierre.

Je suis resté debout, pris d'une hésitation soudaine. Shaft a tout de suite dit :

— À moins que tu ne souhaites qu'on aille ailleurs ? Par exemple chez tes Maliens du foyer Bara ? Tu vois ce que je veux dire ?

— Comment tu sais ça ?

— Suis-moi et ne me pose plus de questions idiotes de ce genre, sinon je te laisse vautré dans ta merde…

Harran était en effet situé à quelques pas de la station Robespierre. Je n'avais jamais remarqué ce restaurant qui servait des spécialités kurdes. Il y avait deux salles, une à l'entrée, en face du comptoir, une autre au fond, plus discrète et décorée à outrance. On avait l'impression d'être dans un petit musée, tant les fresques et les objets les plus hétéroclites saturaient les murs. Les tables étaient bien rangées, recouvertes de nappes aux motifs exotiques rappelant les origines du propriétaire. Le patron, Farid, nous a salués derrière son comptoir et nous a priés de nous asseoir où nous voulions. Shaft a foncé dans la salle du fond. Son long manteau noir en cuir touchait presque le sol. Il a ratissé la salle du regard, cherchant où nous installer. Puis, décidé, il m'a indiqué un coin de la pièce où personne ne pouvait nous voir de l'extérieur. Il s'est assis en s'adossant contre le mur. J'ai pris place devant lui au moment où un serveur moustachu arrivait, précédé d'un sourire qui aurait permis de compter toutes ses dents.

Sans me demander mon avis Shaft lui a dit :

— Deux assiettes d'agneau et deux bières très fraîches. Mettez beaucoup de mayonnaise pour moi et surtout pas d'oignons. Pas de ketchup ni pour mon ami ni pour moi.

Le serveur a disparu dans l'autre pièce d'où nous l'entendions ânonner en kurde ce qui semblait être notre commande.

Shaft n'avait vraiment pas changé. À croire qu'il ne s'était pas lavé depuis la première fois que je l'avais rencontré quelques années plus tôt chez Mama Pauline Nzongo. Le manteau se craquelait de plus en plus. La chemise blanche était usée au col par l'amoncellement de la crasse. Son visage était encore plus amaigri que le jour où j'avais fait sa connaissance. Il a croisé les mains sur la table, puis les a décroisées, jouant à faire craquer chacun de ses doigts.

— Si je ne t'aimais pas je ne serais pas venu ici… a-t-il commencé.

Il a touché ma barbe :

— C'est quoi, ce truc de cirque, hein ? Tu crois que la barbe rend quelqu'un invisible dans ce monde ? Si c'était le cas, on n'aurait jamais abattu Che Guevara ! Tu es ridicule, on dirait un clochard blanc qui n'arrive pas à acheter un rasoir alors que tu as de la thune dans les poches !

Il a recommencé à faire craquer ses doigts, s'est arrêté en s'apercevant que je ne ratais pas un seul de ses gestes.

— Tu dois te demander comment j'ai fait pour te retrouver… Tu ignores que depuis ce matin, debout, à l'entrée du métro, je t'ai vu pénétrer dans ce trou du cul d'hôtel.

Le serveur est venu déposer nos boissons avec deux verres que Shaft a repoussés :

— Reprenez les verres, on boira dans les bouteilles.

Le serveur reparti dans l'autre salle, Shaft a repris :

— La seule chose dont je me vante dans ce pays, c'est de n'avoir jamais mis les pieds dans une prison ! Toi tu iras en prison, c'est obligé, je le sens, ça se voit. Et si tu n'as pas encore bougé de cet hôtel, c'est que ton corps, lui, a déjà accepté ce que ton esprit est en train de nier : tu es coupable !

J'ai baissé les yeux.

— Regarde-moi quand je te parle !

— J'ai rien fait, je te jure, c'est Pedro qui…

— Stop ! Garde ça pour le baratin que tu donneras aux juges et à ton avocat ! Shaft sait tout, Shaft voit tout, Shaft entend tout ! Contrairement à la première fois où je t'ai vu, je ne vais pas te demander de répéter ce que je viens de dire… T'as rien fait, c'est ça ? Tu veux accuser Pedro ? T'as rien fait, et tu étais rue du Canada ? T'as rien fait, et tu as pris un bon paquet d'argent ? Écoute, si t'as rien à dire de consistant, tais-toi et écoute-moi, car si je voulais t'écouter, toi, je perdrais pas mon temps ici, j'assisterais simplement à ton procès assis au fond de la salle !

Il a soulevé la bouteille de bière, a mouillé sa lèvre supérieure :

— Bois pendant qu'elle est fraîche…

La bière avait le goût d'un médicament amer. Dès que j'ai reposé la bouteille, il a poursuivi :

— Mon petit, qui s'appelle Kofunda, est passé s'acheter des chaussures chez Osmose ce matin. Il était habillé tout en jaune banane. Il t'a vu, tu l'as vu, vous vous êtes croisés, il n'était pas sûr et certain que c'était toi. Il t'avait déjà aperçu au restaurant Chez Pauline Nzongo, avec Pedro, mais en ce temps-là tu ne portais pas cette barbe idiote de vieux bouc. Il m'a téléphoné, je lui ai dit de ne pas te quitter d'une semelle. Tu t'es présenté à lui comme un Camerounais, tu es allé dans le Western Union, puis tu es entré dans la brasserie de l'Algérien d'à côté. Tu as eu des problèmes avec quelqu'un du foyer Bara qui est sorti en courant parce qu'il y avait de la bagarre dans l'air. Toi, avant de quitter La Petite Kabylie, tu as regardé de part et d'autre de la rue de Paris au lieu de bien regarder en face de toi, dans ce restaurant chinois où mon petit Kofunda portait un ensemble bleu marine et mangeait son plat de nouilles. Il s'était changé dans les toilettes pour ne plus se faire remarquer avec son costard jaune. J'étais déjà là, devant le métro Robespierre. Tu as marché quelques minutes, Kofunda t'a vu entrer à L'Amandier, je t'ai vu aussi. Je te cherchais depuis la soirée du vendredi 13 parce que tu es indirectement ma propre création, et c'était à moi de venir vers toi pour arranger les choses.

Il a levé les mains en l'air :

— Oui, tu es sorti de ces mains, les miennes que tu vois là. Tu existes parce que c'est moi qui t'ai fait exister. Tu portes ce nom parce que c'est celui que je t'ai affecté en m'inspirant des initiales de ton nom d'origine. J'ai l'obligation, étant ton créateur suprême, de te réinjecter un peu d'humanité… Oui, c'est ça, je suis venu te réinjecter un peu d'humanité. Je ne sais pas où j'ai entendu cette belle formule, peut-être l'autre soir au cours de l'émission *Enquête exceptionnelle* que tout Château Rouge a vue, et on a su immédiatement que c'était toi le type habillé en vert et dont on ne voyait pas bien le visage.

J'ai baissé de nouveau la tête :

— José, regarde-moi quand je te parle ! Est-ce que tu sais que pour le Français moyen, le type habillé en vert c'est le meurtrier de cette Blanche ? Est-ce que tu sais que ce même Français moyen se fout de l'autre nègre qui est toujours en cavale ? Qu'est-ce qu'il en a à branler puisque quelqu'un a été pris en photo et que ce quelqu'un est un nègre ?

Il a une fois de plus mouillé sa lèvre supérieure avec la mousse de sa bière et a roté :

— Oui, pour ce Français moyen, tout nègre a un costume vert dans sa garde-robe et est prêt à pousser une pauvre Française du cinquième étage d'un immeuble parisien. Or moi, tu sais, je n'ai jamais porté cette couleur de merde. Mes mains ont tout fait dans ce pays, mais elles ne sont pas corrompues par l'hémoglobine. Comment fais-tu d'ailleurs pour dormir la conscience tranquille avec le fantôme de cette Roselyne François qui t'épie, qui te traque, qui est en toi, hein ? Il ne te reste plus qu'une seule solution pour te tirer de cette merde.

Le silence qui a suivi m'a paru glacial.

— Oui, c'est la seule solution, a-t-il bredouillé.

— Quelle solution ?

— Mourir…

J'ai manqué de renverser mon verre :

— Comment ça, mourir ?

— Mieux encore : si je suis venu ici, c'est pour te tuer moi-même, de ces mains qui t'ont façonné, et tu n'as plus le choix. C'est la loi du milieu : le créateur doit tuer sa créature…

Il le disait avec un calme qui m'inquiétait. Il n'avait rien dans les mains, et il était venu me tuer. Et s'il avait le même poignard que celui de Pedro le vendredi 13 ? J'ai regardé vers la porte pour préparer ma fuite.

— Tu ne peux plus fuir, José, c'est fini, je vais te tuer pour remettre les compteurs de la communauté à zéro…

— Je vais aux toilettes et…

— Non, tu auras tout le temps d'aller aux toilettes une fois mort. Là-bas tout le monde a le temps. Et d'ailleurs on ne fait que dormir, pisser, chier, s'enculer et se masturber.

Le serveur est arrivé avec nos plats et les a déposés sur la table avec de la mayonnaise et du ketchup.

— J'ai dit pas de ketchup ! Mon ami ne le supporte pas !

Le serveur s'est confondu en excuses et est reparti avec la bouteille de ketchup que je n'avais même pas regardée.

— Quand je dis que tu dois mourir, que je suis venu te tuer, c'est symbolique…

Je ne comprenais plus sa logique.

— En réalité tu n'as jamais été des nôtres, et ça je l'ai senti le premier jour où je t'ai vu. J'ai dit que je t'aimais bien, mais dans le milieu on n'aime pas, ou alors on aime par intérêt. Pedro t'aime par intérêt. Les membres de la tribu du Paradis t'aiment par intérêt, et dans cette tribu tu es le bouc émissaire dans le sens originel de cette expression ; tu sais sans doute que chez les Juifs ce bouc était celui qui portait tous les péchés d'Israël. Aujourd'hui c'est toi qui es chargé de porter tous nos péchés. Oui, tout le monde t'aimait par intérêt ! Quel intérêt, moi, j'avais à t'aimer ? Je n'en avais aucun. Pour moi tu n'étais qu'un client de plus que Pedro me ramenait. Ta présence ici lui a coûté dix mille euros, et il m'a payé cash ! Mais vu que tu es dans la merde jusqu'au cou, c'est moi qui vais prendre les choses en main. Il faut donc que tu meures pour renaître, pour sauver notre milieu dont je suis le garant suprême. Ne t'inquiète pas pour Pedro, il ne lui arrivera rien. Tout est réglé, il ne réapparaîtra qu'après ta mort.

— Comment ça il ne lui arrivera rien à lui ?

— Je t'ai dit de te taire et de ne poser de questions que si ce que tu dis est plus beau que le silence ! Tu vas mourir, qu'est-ce que tu en as à foutre de Pedro, hein ? Demande-moi plutôt en quoi consistera cette mort symbolique qui nous délivrera de tous nos péchés !

— Je ne veux pas mourir, même de façon symbolique…

— Il le faut. C'est toujours comme ça, et lorsque tu renaîtras tu seras encore plus fort.

— Mais c'est quoi cette mort bizarre ? ai-je crié.

— Ça ne sert à rien d'élever la voix, je vais te dire en quoi elle consiste. Elle est simple : il faut que tu te laisses attraper par la police, que tu ailles en prison et que tu admettes ce qui s'est passé rue du Canada et…

— C'est quoi cette histoire ?

— Tu as tout compris, ne fais pas semblant… C'est toi, rien que toi le vrai coupable, Pedro n'existe plus, c'est toi le nouveau Pedro…

Il a déposé une carte de résident français sur la table :

— Voilà ta nouvelle pièce d'identité, je l'ai fabriquée en urgence, mais elle est impeccable.

Je l'ai prise pour l'examiner. Il y avait ma photo avec un nouveau nom : Pedro Bolowa. Bolowa c'était le vrai nom de famille de Pedro, le nom que porte également mon neveu.

Shaft attendait avec impatience ma réaction. J'ai reposé la carte sur la table, il a poursuivi :

— Quand tu renaîtras je m'occuperai de toi, tu seras un autre homme, plus fort, plus puissant, et peut-être que tu prendras ma relève parce que tout le monde dans la communauté aura vu combien tu auras porté le sacrifice jusqu'au bout et dans la dignité…

— Mais c'est pas du tout ce qui s'est passé ! La réalité est…

— Quelle réalité, hein ? Tu crois que toi tu es réel ? Tu n'as plus le choix, c'est cette solution que nous avons négociée pour que les autres compatriotes aient la paix dans le milieu. J'en ai parlé avec Pedro et…

— Il est où ?

— Est-ce que c'est ton problème ? Comme tu es devenu Pedro, on a trouvé un autre bouc émissaire qui va te remplacer et qui sera donc José Montfort. Ce bouc émissaire a accepté le sacrifice, il sera celui qui portait le costume vert le jour du meurtre. Je sais que tu brûles déjà d'envie de savoir qui est cet autre bouc émissaire, eh bien je ne vais rien te cacher : c'est Bonaventure. Il n'a pas hésité un seul instant, je me suis aussi occupé des préparatifs de sa mort symbolique. Il se présentera à la police dès que tu auras accepté de ton côté ta mort. Est-ce que tu comprends maintenant ce que je veux dire ?

— Et moi, qu'est-ce que je foutais là-haut avec une fille que je n'ai vue qu'une fois dans ma vie ?

— Tu sortais avec Roselyne François. Elle t'a

annoncé que son mari l'avait prise la main dans le sac et qu'elle avait décidé de mettre fin à votre relation. Toi, dans ta colère, tu as tout organisé, tu t'es rendu au domicile du couple, sachant que le mari ne serait pas là. Vous avez eu une chamaillade, tu l'as bousculée, elle s'est débattue et, dans un élan de colère, tu l'as poussée par la fenêtre…

— Non, non et non ! Je veux pas porter ce chapeau qui…

— Et le chapeau que tu portes maintenant, tu penses qu'il n'est pas aussi ridicule que celui que tu refuses de porter ?

J'ai touché mon couvre-chef, il a continué :

— Ce n'est pas de ce chapeau que je parle… Si on est d'accord, je vais peut-être maintenant te parler des raisons de ce meurtre de la rue du Canada… C'est idiot de mourir, même symboliquement, sans savoir pourquoi !

Je n'avais plus faim. Le nez dans son assiette, Shaft dévorait les morceaux d'agneau avec un appétit de loup affamé. Je ne cessais de regarder dehors.

— Vous êtes tous allés au mariage de Roselyne François et Auguste Olembi, mais à ce mariage, tous les gens qui étaient là ne voyaient pas la même chose. Moi je n'avais pas voulu y aller, on en avait discuté avec Pedro et un type qui était venu de Brazzaville, que tu as croisé d'ailleurs à L'Ambassade. Auguste Olembi, ce nom ne te dit rien ?

— Non, je ne le connaissais pas, c'était la première fois que je le voyais, de même que cette Blanche et…

— Tu ne suis donc pas l'actualité politique de ton pays ! Joachim Olembi, le père d'Auguste, est cet homme politique congolais de premier plan, le ministre de l'Intérieur qui avait lancé la campagne contre les Congolais de Kinshasa. Selon lui, ils envahissaient notre petit Congo et mangeaient notre pain. Sa politique c'est « Le Congo pour les Congolais » ou encore « Les Congolais d'abord ». En France, on le rapprocherait de l'extrême droite avec les conséquences que tu connais. Grand orateur et très écouté du peuple grâce à ce discours démagogique, le type envoyait pourtant ses enfants à l'étranger pour étudier, alors que nous avons une université sur place. Est-ce que c'est normal, ça ? Auguste est venu en France pour faire du droit, son père lui avait promis un poste important à la fin de ses études. Y avait pas que ça, il lui avait aussi trouvé une femme de son village natal qui attendait le retour d'Auguste. Le ministre s'occupait d'elle comme s'il était déjà son beau-père. Cette fille, Auguste ne l'avait vue qu'en photo. Mais tu sais, quand on vit en Europe on rencontre des gens, je veux dire des femmes, des belles, surtout des Blanches. Auguste s'était amouraché de Roselyne, une copine de la fac d'Assas. Tout ça, sans que le père soit au courant. Le ministre continuait à envoyer de l'argent à Auguste et à prendre soin de sa future épouse congolaise. Il est venu à plusieurs reprises en France, jamais Auguste ne lui a dit la vérité, alors qu'il vivait avec Roselyne depuis plus de deux ans. Ils avaient même quitté la cité universitaire du boulevard Jourdan et avaient emménagé rue du Canada, dans cet immeuble que tu connais bien. C'est le ministre qui payait le loyer ! J'ai rencontré plusieurs fois Roselyne et Auguste. C'est moi qui ai fabriqué leurs fausses fiches de paie pour qu'ils aient leur appartement car le proprio ne voulait pas d'un garant à l'étranger, même un ministre. Je peux te dire qu'ils étaient vraiment amoureux. Quand j'ai eu vent qu'Auguste et Roselyne projetaient de se marier, je me suis dit qu'ils étaient fous ! Que le ministre allait avoir une crise cardiaque. J'ai dit à Auguste de ne pas faire cette connerie, il ne m'a pas écouté, il aimait vraiment la fille. Pourquoi avait-il envoyé des invitations aux gars de la communauté au lieu de faire son mariage en douce, quitte à avoir une autre femme au pays pour contenter son père et les membres de son parti ?

Shaft avait la gorge sèche. Il a bu un coup, a reposé la bouteille sur la table et a repris :

— Oui, ils avaient invité tout le monde. Moi je me suis dit que ça sentait trop le roussi, je voulais pas être sur la photo. Je n'y suis pas allé. Pendant ce temps, le père avait eu vent de l'affaire et explosait de rage. Il téléphonait en vain à son fils qui ne répondait plus. Alors, il est entré en contact avec moi parce que je le connais quand même, le type. Le ministre et moi on a été au collège des Trois Martyrs ensemble, et parfois quand il passait à Paris je le croisais à l'hôtel Bristol. Il me filait un paquet de thune. Il me demandait toujours quand je repartirais au pays et ajoutais que si je me décidais il me placerait quelque part où je toucherais un bon salaire sans rien faire. Mais moi le pays ce n'était plus mon truc. Ma vie c'est ici, pas là-bas. Quand j'ai reçu son coup de fil, je savais que c'était au sujet du mariage d'Auguste. Il était enragé, comme si j'avais quelque chose à voir là-dedans. Il me répétait : « Mais comment toi tu as laissé faire une chose pareille, hein ? Tu ne m'as même pas tenu au courant qu'Auguste fréquentait une Blanche ! Je viens de l'apprendre à l'instant, il ne peut pas me faire ça, alors que j'ai toujours été là pour lui ! Qu'est-ce que les membres de mon parti vont penser, hein ? Moi qui prône les valeurs congolaises, les vraies traditions des Bacongo, voilà que ce fils maudit vient me foutre dans la merde ! N'y avait-il pas de filles noires à épouser à Paris ? J'aurais fermé les yeux même s'il m'avait ramené une de ces putes nigérianes ou camerounaises de la rue Saint-Denis. Mais pas une Blanche ! Ça, non ! Non, non et non ! Je ne veux pas que l'opposition apprenne ça, tu m'entends ? Tu dois me régler cette histoire au plus vite ! » C'est là qu'il m'a proposé le contrat. Moi j'ai dit que je faisais tout, mais pas ça. Il a tellement insisté que je lui ai répondu que j'arrangerais l'affaire, que je verrais avec qui sous-traiter le contrat. J'en ai parlé aussitôt à Pedro que j'ai convaincu au bout de quelques minutes lorsque je lui ai dit qu'il y avait un bon paquet d'argent à la clé. « Combien ? », il a demandé, de plus en plus intéressé. « Deux cent mille euros », j'ai répondu, en disant le chiffre comme si c'était une somme dérisoire. J'ai précisé qu'il toucherait son argent avant l'exécution du contrat. Ça l'a rassuré. Il lui fallait un homme pour l'accompagner et, malgré mes réticences, il t'a choisi à la place de Bonaventure. Moi je n'étais pas si gourmand parce que je voulais te laisser manger un peu et te permettre de respirer, puisque la crise frappait tout le monde. Je n'ai donc exigé que trente mille euros de commission, laissant à Pedro cent soixante-dix mille. Il t'a en principe remis un bon pactole, aux alentours de cinquante mille, comme il me l'avait laissé entendre, c'est bien ça, non ?

Je n'ai pas répondu. J'avais donc été roulé dans la farine avec mes quinze mille euros. Je maudissais presque Pedro au moment où Shaft relançait :

— Mais comment faire arriver tout cet argent en

France ? Le ministre Joachim Olembi avait la solution : il enverrait un homme à lui par un avion spécial de la République, et moi je présenterais cet homme à Pedro quelques jours avant l'exécution du contrat. On a eu tous les trois un premier rendez-vous à l'hôtel Bristol où il résidait. Le type m'a payé ma petite part qu'il a retirée d'une mallette noire. Il a promis de payer Pedro quelques heures avant l'exécution du contrat, le vendredi 13. J'avais tout préparé. J'avais choisi ce vendredi 13, le jour où Auguste Olembi, mordu de foot, serait en déplacement à Marseille pour suivre la rencontre de l'OM contre le PSG. Il aimait vivre les événements en direct, ce type. Pedro pouvait alors monter tranquillement au cinquième, je lui avais tout remis : le code de l'immeuble et le numéro de l'appartement. Quand il sonnerait, la fille lui ouvrirait, elle ne se douterait de rien puisqu'elle le connaissait… Tu n'as presque rien mangé, José !

Ce prénom de José commençait à m'agacer.

— Shaft, je ne souhaite plus que tu m'appelles José à partir de maintenant…

— Tu as raison, puisque tu es maintenant Pedro Bolowa.

— Non, je ne suis pas Pedro Bolowa, je suis Julien Makambo…

Il a laissé passer quelques secondes, détaillant les images collées au mur avant de recommencer, en insistant sur mon faux prénom :

— Tu vois, José, pendant que vous étiez rue du Canada pour l'exécution du contrat, Gaspard Bimpounou, l'homme envoyé par le ministre de l'Intérieur, était assis à la terrasse du Roi du café, feignant de lire un journal. Oui, José, il t'a vu courir, entrer dans le métro Marx Dormoy, et il avait déjà vu Pedro, quelques instants plus tôt, entrer dans la même station. À vous voir courir comme des bêtes traquées, à voir ces ambulances et ces cars de police qui empruntaient la rue Riquet pour aller rue du Canada, il était certain que la mission avait été accomplie. Mais il voulait s'assurer que le contrat avait bien été exécuté de bout en bout. Il a lu les journaux du lendemain matin, et il est reparti au pays le soir avec des coupures de presse qui relataient l'affaire car il avait des comptes à rendre au ministre. Celui-ci, toujours méfiant malgré l'abondance des articles, m'a appelé. Je lui ai confirmé que Roselyne François n'était plus de ce monde…

— Ça vous a plu ? a demandé le serveur qui venait d'interrompre Shaft.

— Bof, ça n'a pas changé, c'est toujours de l'agneau… Apportez-moi l'addition.

Shaft a repris :

— Ce n'était pas facile, cette affaire, José. En fait, Pedro a été pris de court. Il a sonné à la porte de l'appartement, Roselyne l'a vite reconnu et lui a ouvert, un peu surprise parce que c'était la première fois qu'il venait chez elle. Pedro a dit, comme je le lui avais indiqué, qu'il venait de ma part au sujet du faux bail que j'avais fabriqué pour le couple. Tu sais comment sont les gens dans ce cas, elle a paniqué, elle a voulu téléphoner à son mari à Marseille, mais Pedro lui a dit que ce n'était pas grave, qu'il n'était là que pour changer le bail, ajouter des trucs pour que le propriétaire ne se doute de rien. Elle est alors allée à la cuisine pour servir un verre à Pedro. Quand elle est revenue au salon, Pedro tenait le poignard à la main et l'agitait en l'air. Épouvantée, Roselyne a fui dans la chambre, Pedro l'a poursuivie, mais elle a réussi à s'échapper, a regagné le salon. Pedro était là, derrière elle, déterminé et enragé car cette Roselyne avait réussi à le griffer dans le cou. Il est allé vers la porte, la fille était prise dans une nasse et ne pouvait plus quitter la pièce. Elle pleurait, hurlait, cela risquait d'être de plus en plus difficile si Pedro ne passait pas à l'action. Il a bien serré le poignard dans sa main et s'est rué sur Roselyne qui ne pouvait plus que reculer et implorer pitié. Elle a proposé de l'argent, elle a même suggéré d'être violée pour avoir la vie sauve. Rien à faire, Pedro avançait, le poignard bien ferme. Ne voyant plus d'autre solution, Roselyne s'est retournée en désespoir de cause. Il y avait cette fenêtre entrouverte… Oui, il ne restait plus que la fenêtre. Plutôt que de subir des coups de poignard, la fille s'est défenestrée…

Shaft s'est arrêté de parler et a jeté un œil sur la carte de résident qui traînait encore sur la table.

— Range cette carte dans ta poche.

Je n'ai pas bougé. Ses dernières paroles m'avaient secoué : j'ai revu la fille tomber. Et je commençais à comprendre pourquoi Pedro courait comme un fou. S'il avait poignardé la fille, il serait sorti comme si de rien n'était, et nous aurions pu repartir en marchant comme des gens ordinaires. Donc là-haut ça ne s'était pas passé comme prévu. Sans compter qu'il m'avait menti en affirmant qu'il n'utiliserait pas le poignard qui devait servir uniquement à intimider.

— Tout cela va finir aujourd'hui, a poursuivi Shaft. Si tu refuses ta mort symbolique, si tu fais couler les gens de la communauté, tu as intérêt à chercher un exil sur la lune car ici à Paris nous te retrouverons, et au pays, mon ami le ministre de l'Intérieur aura ta peau et celle de toute ta famille. Là-bas c'est lui le roi.

Il allait boire, mais sa bouteille était vide. Il l'a posée par terre.

— Je résume donc pour la dernière fois : tu acceptes tout, tu prends cette carte de résident au nom de Pedro Bolowa, tu vas en prison, tu purges ta peine et moi je m'occuperai par la suite de ta réintégration dans le milieu. De son côté, Bonaventure fera de même, mais avec lui on s'est vite entendus, c'est un garçon très intelligent.

Il avait l'air de plus en plus autoritaire, ne me laissant plus aucune porte de sortie.

— Non, Shaft, je ne ferai pas ça, je n'ai tué personne et je suis prêt à te rendre l'argent que j'ai reçu pour…

— Alors, si tu le prends comme ça, on n'a plus rien à se dire, m'a-t-il coupé. J'ai perdu mon temps, je m'en vais et te souhaite bonne chance. Je ne savais pas que tu étais con à ce point. Tu vas mourir deux fois : d'abord comme José Montfort, ensuite comme Julien Makambo. Ce qui veut dire que de symbolique, ta mort sera désormais réelle…

Il a repris la carte de résident, l'a glissée dans la poche intérieure de son manteau. Il s'est levé juste au moment où le serveur apportait l'addition. Shaft lui a tendu un billet de cent euros.

— Gardez la monnaie.

J'entendais ses chaussures qui raclaient le sol. Il était déjà dans l'autre pièce et disait au revoir au patron. J'avais du mal à me lever, mais il le fallait. Je ne pensais plus qu'à remonter dans ma chambre pour prendre mon sac et m'enfuir à Nantes. Je me suis enfin levé, avec cette idée et une haine sans bornes à l'égard de la tribu du Paradis.

L'homme debout devant la pharmacie

Je suis sorti du restaurant Harran. J'ai examiné la rue pour voir si Shaft traînait encore dans les parages. Personne en cuir noir dans les environs. J'ai traversé la rue de Paris et ai regagné l'hôtel. Le Maghrébin avait été remplacé par la fille rousse qui lisait *France Soir*. J'ai pris l'escalier sans lui dire bonjour.

Dans la chambre, mon sac était prêt. J'ai regardé l'heure sur le petit réveil posé près du lit. Dix-huit heures. J'avais prévu de décamper un peu plus tard, mais cette rencontre avec Shaft venait de précipiter les événements. Je ne souhaitais plus attendre une minute de plus dans cette pièce.

Je suis allé dans la douche et me suis regardé dans le miroir : j'avais l'impression d'avoir encore pris quelques années. Pourtant, lorsque je scrutais mon visage, la silhouette de cette blonde n'apparaissait plus.

J'ai saisi mon sac. Avant de quitter la chambre, je suis resté debout sur le pas de la porte pour garder l'image de ce lieu qui m'avait accueilli pendant une semaine et que je devais maintenant abandonner. Je commençais à regretter ma décision. Et puis, le cœur serré, j'ai refermé la porte derrière moi.

J'ai descendu l'escalier la tête vide. À l'accueil, la fille rousse qui ne m'avait jusqu'à ce jour jamais adressé la parole m'a tendu un bout de papier :

— Quelqu'un l'a déposé il y a quelques minutes.

J'ai déplié le papier et ai découvert un message très laconique qui ne m'a laissé aucun doute sur son auteur :

« Tu es mort, mort pour de bon, je vais te tuer aujourd'hui. »

Voyant que mon visage avait changé et que j'avais déposé le sac par terre comme si son poids avait soudain décuplé, la fille m'a demandé :

— Ça va ?

Sans un mot, j'ai repris le sac et j'ai foncé dehors pendant que la réceptionniste lançait :

— Vous revenez demain, c'est ça ? On gardera la chambre…

*

J'étais arrivé à la hauteur d'Osmose, lorsque derrière moi quelqu'un m'a attrapé par l'épaule. Je me suis retourné, le temps de comprendre ce qui se passait j'étais déjà par terre, fauché par un grand gaillard noir au crâne rasé, avec un blouson d'aviateur. Deux autres types l'ont rejoint en courant tandis qu'une voiture blanche s'est arrêtée à notre hauteur, feux de détresse allumés. Sur le trottoir d'en face, les clients de La Petite Kabylie étaient sortis et assistaient à la scène. J'ai reconnu Kirdine qui me montrait du doigt et semblait expliquer aux autres qui j'étais. Sans manifester aucune résistance, j'ai laissé le Noir au blouson d'aviateur me menotter. Il m'a relevé, m'a poussé vers la voiture. L'un des deux hommes qui venaient d'arriver a ouvert la portière et l'a refermée bruyamment une fois que je me suis retrouvé à l'intérieur.

En quelques minutes, la rue de Paris fut embouteillée. Les gens venaient de partout, certains sortant de leur véhicule, d'autres faisant irruption des immeubles alentour. J'étais à l'arrière de la voiture, coincé entre deux hommes. Le Noir au crâne rasé a démarré en trombe en faisant retentir la sirène. Un des hommes qui m'entouraient était au téléphone, je l'ai entendu dire avant de raccrocher :

— C'est bon, il est fait aux pattes, on l'a dans la voiture !

Nous étions arrivés au rond-point de la Porte de Montreuil, avant d'entrer dans le 20e arrondissement par la rue d'Avron. La voiture de police a ralenti au croisement du boulevard Davout. J'ai tourné la tête à droite, et là, devant une pharmacie, j'ai vu Shaft, debout, qui regardait vers nous. Nos yeux se sont croisés, il a souri et a fait le geste de celui qui se tranche la gorge. Peut-être se disait-il que je venais de subir ma première mort, la symbolique. L'autre, la réelle, viendrait de la communauté. Je ne sais pas ce qui m'a poussé, mais j'ai dit au Noir qui conduisait :

— Monsieur, regardez, devant la pharmacie il y a un homme debout qui nous regarde. Je le connais, c'est lui qui a…

— Tais-toi, crétin ! m'a sèchement coupé l'un des policiers à côté de moi, tandis que la voiture traversait le boulevard Davout à tombeau ouvert.

J'ai tourné de nouveau la tête : Shaft était toujours devant la pharmacie et regardait la voiture s'éloigner…

Épilogue

Fabrice tourne en rond dans la cellule depuis la fin de la matinée. D'habitude il reste assis sur son lit, grignote une biscotte avec de la confiture. Sa situation s'est empirée, je le sens, mais je crains de lui parler, d'autant qu'il est maintenant en train de donner des coups de poing contre le mur et de hurler « Salope ! Salope ! Salope ! », les yeux fixés sur une de leurs photos de vacances dans les Caraïbes.

D'un autre côté, j'ai le sentiment qu'il souhaite que je l'interroge sur ce qui le met dans un tel état.

Il est remonté sur son lit et s'est assis. Il se frotte nerveusement le front.

— C'est une salope, je le savais ! Elle est pas venue il y a quinze jours ! Elle est pas venue la semaine dernière ! Elle est pas venue depuis un mois ! Elle viendra plus, j'en suis sûr. Qui c'est qui la baise, maintenant, hein ?

Il est redescendu, se déplace, fait des va-et-vient d'un bout à l'autre de la cellule, les poings fermés tel un boxeur qui va reprendre le combat après la pause.

— Je sais pourquoi elle est pas venue ! Je le sais !

C'est parce qu'on a rejeté ma demande de liberté provisoire ! Elle était au courant, elle croit que je suis foutu pour de bon ! C'est ça, les femmes, c'est bien quand on est là avec elles, mais quand y a plus d'espoir, les voilà qui se barrent comme des salopes. Merde, merde, merde !

Je ne lui réponds pas, il continue :

— Remarque, toi c'est pas ton problème, t'as pas de femme, tu seras donc pas cocu depuis Fresnes. T'as pas non plus d'enfant qui risque d'appeler un autre type « papa » pendant que t'es pas là.

Après un silence durant lequel je suis resté impassible, mais toujours avec la crainte qu'il ne s'en prenne à moi, il a foncé vers les murs pour arracher la plupart des photos.

— J'en ai marre ! Tu m'entends ? J'en ai marre ! C'est du pipeau, ces photos ! C'est du pipeau ! Qu'est-ce qu'elle croyait, hein ? Que j'étais aveugle, moi ? Que je voyais pas venir le truc ? Et ces sourires hypocrites, tiens ! Elle faisait semblant de venir me voir, de rigoler, de m'embrasser et puis, hop, à la moindre occasion elle a écarté les jambes devant un autre mec. Dès que je sortirai de ce trou je vais les buter, ce type et elle, crois-moi ! Froidement ! Tu m'entends ? FROIDEMENT !!!

Mon silence l'a agacé :

— Hé, c'est à toi que je parle, l'écrivaillon ! Tu m'entends ou pas ? Est-ce que tu piges que cette femme et cet enfant, c'est ce qui me tenait debout dans cette galère ? Mets ça dans le bouquin que t'écris, je veux qu'elle ait la honte de sa vie, que les gens qui vont lire tes trucs lui pissent dessus !

— Je me disais que…

— Tu te disais que quoi ? Que je suis un taré ? Ma place, c'est pas dans cette cellule. Et puis, que je te dise, si je me suis retrouvé dans cette petite broutille de rien du tout, c'est parce que j'avais besoin de thune comme tout le monde, mon job de prof d'éducation physique au collège ne me permettait pas de vivre comme il faut. Alors j'ai aidé les gars de Torcy dans leur coup.

Il a craché sur les photos qu'il avait entre les mains.

— Et puis avec tout ce pognon que les gars m'avaient promis j'aurais payé la totalité de notre prêt immobilier, on serait devenus de vrais proprios ! C'est pour nous que j'avais fait ça, est-ce qu'elle s'en est au moins souvenue avant de donner son gros cul de merde au premier mec venu, hein ? C'est des gens que je connaissais comme ça, sans plus, parce que moi, j'étais plutôt du genre solitaire. Je jouais souvent au ping-pong avec eux dans le quartier de l'Arche Guédon, ce qui était pratique pour moi, vu qu'on habitait à côté du théâtre de l'Arche. C'est vrai que parfois on faisait des virées entre mecs à Paris, mais ça s'arrêtait là, sans plus, je pouvais pas savoir que c'étaient des types qui se livraient à des braquages et que certains étaient recherchés par la police !

On a entendu quelqu'un passer dans le couloir. Par les bruits et la régularité métronomique des pas qui résonnent, on sait que c'est un gardien.

Fabrice a observé un instant de silence pour laisser passer le maton et a repris :

— C'est pendant ces virées à Paris que je me suis retrouvé dans la merde totale jusqu'aux narines, tu vois. Ils étaient quatre, les types en question : un gars d'Afrique noire, un Français, un Algérien et un métis franco-camerounais. Le meneur c'était ce métis parce que lui alors, il a vu tous les films de braquage du monde entier. *Les Affranchis, Reservoir dogs, Casino* et tous les autres films de ce genre, lui il connaît les paroles comme s'il avait joué le rôle principal dedans. Mais est-ce que c'est parce qu'on a vu des films qu'on peut réussir un braquage, hein ?

Il est allé vers la porte, a regardé dans l'œilleton et est revenu vers moi.

— C'était vraiment du n'importe quoi, je te dis ! On était dans un 4 × 4 en direction de Paris pour une virée dans un pub irlandais, et c'est là qu'ils m'ont parlé de leur coup. Moi j'ai voulu sortir du véhicule parce que j'étais pas partant pour des trucs comme ça, mais quand ils m'ont appris que c'était du sûr et certain, qu'ils ne pouvaient pas rater leur coup parce qu'ils avaient un bon complice, un de leurs potes qui travaillait à la Société Générale du boulevard de Strasbourg, j'y ai regardé à deux fois. Est-ce que c'est en jouant au Loto que j'allais avoir du pognon comme ce qu'on me proposait ? Leur pote en question leur avait garanti qu'il y aurait du fric à gogo et leur avait donné l'heure où les caisses seraient bien approvisionnées, c'est-à-dire à la fin de la journée, une demi-heure avant la fermeture. Ils avaient même parlé d'une somme de cinq cent mille euros, sinon plus. Moi je restais un peu sceptique parce que comment, à notre époque, une banque qui se respecte et qui respecte ses clients pouvait laisser traîner une telle somme dans ses caisses ? J'étais vraiment con, un con des neiges d'antan comme dit Brassens ! J'aurais dû comprendre que c'était que pour m'épater qu'ils avaient dit ça, et que ce pote infiltré il existait que dans leur imagination, surtout dans l'imagination de ce métis qui regardait trop les films de braquage. Au lieu de ça, moi j'ai fait le calcul dans ma tête, j'ai pensé d'abord à l'argent. Ma vie ne pouvait que changer du jour au lendemain. Avec ma part je paierais toutes les traites de la maison d'un seul coup. Tu parles !...

Il a repris quelques photos entre ses mains, a hésité à les déchirer, avant de les ranger finalement sous son matelas.

— Faut reconnaître quand même que les gars ils étaient bien équipés, je te jure. Y avait tout dans leur coffre : des armes à feu, des masques, des bombes lacrymogènes et que sais-je encore. Ils m'ont assuré que les armes c'était simplement pour intimider les employés de la banque. Je leur ai demandé ce que moi j'allais faire dans l'histoire, ils ont dit que je ferais rien de compliqué, que j'irais seulement vérifier ce qui se passait à l'intérieur pour leur donner le feu vert. Donc je ferais comme si j'étais un client normal, j'entrerais puis je ressortirais pour me poster dehors, non loin de la voiture et du chauffeur pendant que trois d'entre eux feraient irruption dans l'établissement. Après, une fois qu'ils auraient fini de piquer la thune, c'est moi qui leur ouvrirais la porte du 4 × 4, le chauffeur, lui, foncerait aussitôt. C'était quand même culotté d'imaginer un tel truc en plein Paris, non ?

— C'est impossible, ai-je murmuré pour éviter qu'il ne s'emporte devant mon silence comme tout à l'heure.

— Comment ça, c'est impossible ? Pourquoi tu dis que c'est impossible ? Qu'est-ce que t'y connais, toi en matière de braquage, hein ? Et tous ces braquages qui se passent en plein Paris, comment les gens ils font, hein ? C'est du cinéma, ça aussi ?

— Enfin, je disais ça juste pour que…

— Quand on sait rien on se tait et on écoute ! C'est pas à toi de juger que c'est impossible puisque je te dis que ça s'est passé en plein Paris. La télé a beaucoup parlé de cette histoire de braquage de la Société Générale, boulevard de Strasbourg ! T'es bien au courant, voyons !

J'ai fait non de la tête.

— Bref, c'est pas grave. Le problème c'est que parmi les trois qui étaient entrés dans l'établissement, un d'entre eux a buté la responsable de l'agence, il a aussi buté une guichetière. Il a grièvement blessé le Black qui faisait la sécurité, mais le type avait eu le temps d'appeler la police et moi j'ai pas compris quand en moins d'une minute la flicaille avait cerné les parages et qu'on était cuits pour de bon…

Comme s'il s'était rendu compte qu'il venait de trop parler, il s'est tu et s'est éloigné de moi. D'un bond de cabri il est remonté sur son lit en murmurant mot à mot ce qu'il m'avait déjà dit le premier jour de mon arrivée :

— D'ailleurs, faudra que tu me dises un jour ce que toi t'as fait. On n'entre pas dans ce trou par hasard. J'ai entendu quelques trucs chez les gardiens qui parlaient de toi, des trucs du genre que t'es impliqué dans cette histoire de la blonde de la rue du Canada ! C'est bien toi, n'est-ce pas ? C'est toi le meurtrier, hein ?

*

Un gardien est venu me chercher. J'ai rendez-vous aujourd'hui avec maître Champollion. Il me fera le même baratin. Je sais que je n'attends plus rien de lui.

Depuis qu'on se voit, j'ai le sentiment qu'on tourne en rond et qu'il veut juste me prouver qu'il fait son boulot normalement. Quand j'y pense, je me dis que c'est peut-être mieux que je reste dans ce trou. Il arrive même que je regrette de ne pas avoir accepté ce que me proposait Shaft. Mais ça c'est pendant les heures où je me sens asphyxié par le poids des événements et que l'ombre de Roselyne François rôde dans les couloirs de cette prison. À ces moments-là, je me dis que si j'avais écouté Shaft je serais un homme libre. Pas libre de ma peine, mais de mon futur, car si un jour je suis libéré de ce trou, je sais ce qui m'attend ; je ne pourrai pas échapper à la colère de la communauté parce que je n'ai pas su me taire et mourir. Où irai-je puisque au pays le ministre de l'Intérieur sera là pour me souhaiter la bienvenue ?

— On se dépêche ! a aboyé le gardien.

Maître Champollion m'a semblé bien en forme. Je ne l'ai jamais vu sourire. Je n'ai pas compris cette humeur. Il s'est levé de son siège, est venu vers moi et m'a tendu la main. Tout cela était bien étrange. J'ai craint le pire : la liberté provisoire. Non, surtout pas ça. Je n'en voulais pas. Je n'en veux plus. Je ne veux pas aller dehors et me jeter dans la gueule des loups qui m'attendent.

— J'ai une très bonne nouvelle, m'a-t-il fait.

Maître, je ne veux plus de la liberté provisoire.

— Ce n'est pas de ça qu'il s'agit…

Il a ouvert son cartable et a sorti un document qu'il m'a tendu.

— Voilà, les choses ont avancé, on a maintenant

une date pour le procès. On a arrêté celui qui était avec vous rue du Canada. Disons qu'il s'est présenté lui-même à la police.

— Pedro Bolowa ? ai-je demandé, intrigué.

— C'est qui Pedro Bolowa ?

— J'avais rien dit jusqu'alors, maître, et j'en ai assez. Pedro Bolowa c'est celui qui était avec moi, vendredi 13, rue du Canada, c'est lui le responsable…

Sans perdre la bonne humeur qu'il affichait à son arrivée, il m'a dit :

— Non, le coupable s'appelle Bonaventure Massoumou. Il a avoué, le procès aura lieu dans deux mois…

Lorsqu'on m'a ramené dans la cellule, et aussitôt que la porte s'est refermée derrière moi, Fabrice est descendu de son lit :

— Alors ?

Sans lui répondre je suis allé vers mon lit, j'ai pris tous les feuillets et j'ai commencé à les classer car les pages n'étaient pas numérotées. Fabrice me regardait, l'air très inquiet.

— Mon gars, parle-moi ! Quelque chose qui va pas ? Qu'est-ce qu'il a dit, ton avocat ?

Je lui ai tendu le manuscrit :

— Tiens, prends tout ton temps et lis ça.

Il a lu la première page sur laquelle j'avais écrit le titre en lettres capitales.

— « *TAIS-TOI ET MEURS* ». C'est un roman ?

— Non, c'est mon histoire.

Composition et mise en pages
Nord Compo à Villeneuve-d'Ascq

Imprimé en France par

BRODARD & TAUPIN

à La Flèche (Sarthe)
en juin 2014

POCKET – 12, avenue d'Italie – 75627 Paris Cedex 13

N° d'impression : 3005962
Dépôt légal : juillet 2014
S23121/01